KB185144

# 나의 폴라 일지

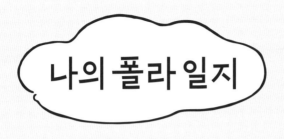

# 나의 폴라 일지

김금희

산  문

그것은 아마 극지가 주는
가장 투명한 마음일 것이다.

차례

**4**

**명명의 세계**

**5**

**나의 폴라 속으로**

I

책, 캐리어
그리고 천사들

## '없는' 행성으로

파상풍과 독감 예방주사를 맞으러 병원에 갔다. 의사에게 여행을 위해 파상풍 주사를 맞고 싶다고 하자 어디를 가느냐고 물었다.

"남극에 갑니다."

"그러면 여행이 아니잖아요?"

"그렇죠."

얼른 동의했지만 뭔가 어색해지는 건 어쩔 수 없었다. 내가 남극에 가다니, 하지만 오래도록 바라던 일이 이뤄진 것이므로 그 꿈 앞에서만은 당당할 수 있다. 꿈의 크기로 본다면 나는 남극 시민권을 충분히 획득할 만한 사람이다. 다만 과학적 발견이나 연구와는 상관없으니 다소 '잉여적인' 시민일 수는 있다. 남극에는 주권도 화폐도 국경도, 당연히 도시도 없지만 말이다.

지금은 2024년이 시작된 1월의 첫 주이고 거실에는 25인치 캐리어가 온갖 짐을 품은 채 입을 벌리고 있다. 당장 입남극 비행기가 뜬다 해도 여기가 남극의 관문인 칠레 푼타아레나스가 아니라는 문제가 있지만, 바로 들고 뛰어도 무방할 정도로 채비를 해놓았다. 짐을 미리 싼 건 극지연구소에 수하물 무게를 알려줘야 하기 때문이다. 대략의 짐 무게를 파악하고자 시작된 준비는 이후에도 멈춰지지 않았고 나는 이미 완성된 짐을 보면서 떠날 날만 기다리고 있다. 긴장과 흥분을 감추지 못한 채로 3주 이상을 견뎌야 한다. 남극에 갈 예정이니까.

극지연구소에서는 여름이면 과학자들로 구성된 '하계 연구대'를 파견한다. 한국은 남미 대륙과 가까운 세종 기지와 남극 내륙의 장보고 기지를 운영한다. 남극이 어떻게 생겼는지 통 이해할 수가 없었는데 엄지를 세운 손등 모양으로 설명하는 책을 읽고 겨우 새겼다. 엄지손톱 끝이 세종 기지가 위치한 킹조지섬이라면 엄지 자체는 남극 반도이고 손등 전체가 남극점이 있는 남극 내륙이다. 그중에서도 엄지손가락 쪽은 서남극, 새끼손가락 쪽은 동남극이며 우리의 장보고 기지는 손목 중간쯤인 테라노바만에 자리한다.

남극에 가고 싶다는 생각을 한 건 오래전이다. 그곳에 있는 것이 아니라 없는 것들에 강하게 끌렸다. 우선 남극에는 지폐가 없다. 돈과 신용카드를 들고 가봤자 얻을 수 있는 게 없다. 내가 읽은 월동 대원들의 수기에서는 주로 초콜릿 같은 간식들로 기쁨과 고마움을 표했다. 그래서 나도 지금 초콜릿을 준비해두었다. 이걸로 호감과 감사의 메시지를 전하게 될지 아니면 그 정도의 관계도 맺지 못하고 혼자 쓸쓸히 고열량의 간식을 다 먹어치우고 올지는 모르겠다. 모두의 환영을 받을 듯도 하고 모두의 무관심 속에 아웃사이더가 될 것 같기도 하다.

나는 과학자가 아니며 운동을 싫어하고 체력도 좋지 못하다. 몇 년간 남극과 관련된 책들을 읽어왔지만 그 정보란 만년빙 위의 눈 한 송이처럼 보잘것없다. 낯선 이들 앞에 서면 긴장하고 겨울에는 100여 개의 핫팩을 비축해둘 정도로 추위를 싫어한다. 하지만 그런 내 한계들도 남극을 향한 열망을 꺾지는 못했다. 아무리 생각해도 불가해한 열정과 투지였다.

남극에는 인간이 (거의) 없다. 1년 내내 남극대륙에서 지내는 육상동물도 없다. 남극에 다녀왔다고 하면 으레 사람들이 북극곰 봤느냐고 묻는다던데 나도 며칠 전 그런 질문을 받았다. "남극에 가면 북극곰도 보겠네!" 북극곰은 다행히 북극에만 있다. 만약 북극곰이 남극에 있다면 인간은 물론이고 바다에서는 시속 40~50킬로미터로 재빠르지만 육지에서는 더딘 펭귄들이 위험해질 것이다.

인간과 그것이 만들어낸 문명이 없는 자연 속에서 나는 압도적인 경이로움을 느끼고 싶었다. 잠시 '관광'하는 것이 아니라 가능한 한 오래 머무르며 인간종種으로서 작고 단순하고 겸손해지는 과정을 겪어보기를 원했다.

자연이 만든 지리적 경계 이외에 다른 인위적인 경계가 없다는 사실도 매혹적이었다. 누구도 남극의 주인이 아니며 국경도 존재하지 않는다. 그곳의 빙원은, 빙산은, 유빙은 '국가'라는 제도 안에 들어와 있지 않았다. 마치 우주의 행성처럼. 지구상에 그런 '없는 상태'가 존재한다는 것만으로 숨이 좀 트였다.

　편집자로 일하던 이십대 시절 극지연구소에 취재를 나간 적이 있다. 그때 들은 이야기는 남극에 대한 단순한 흥미를 더 반짝이고 간절하게 만들었다. 인천과 서울을 오가는 급행버스를 타고 컴컴한 경인고속도로를 지나 퇴근할 때면 차창 밖 풍경이 얼음처럼 매끈한 어둠 속에 되비치면서 여기가 아닌, 그 없음의 대륙이 떠오르곤 했다. 그렇게 작가가 되고 시간이 흐른 뒤에도 꿈은 사라지지 않았고, 어느새 인터뷰 중에 다음 작업 이야기가 나오거나 독자들이 앞으로 쓸 작품의 공간을 궁금해할 때 '남극'이라고 조심스레 고백하기 시작했다.

　남극으로 가는 길은 쉽지 않았다. 몇 년간 여러 경로로 시도했고 여러 경로로 거절당했다. 당연했다. 그곳은 되도록 인간의 발자국이 닿지 않아야 하는 곳이니까. 어렵다는 말을 들을 때마다 의기소침해졌지만 포기는 되지 않았다. 나는 이미 너무 많은 남극의 장면들을 품고 상상하고 있었다. 눈을 감으면 실제로 들은 적 없는 남극의 소리와 장면이 영사되며 거기서 살고 일하고 사랑하고 역경과 싸우는 인물들이 떠올랐다. 그러면 포기하지 않겠다는 마음이 다시 들었다. 쓰이지 못한 이야기는 가능할 때까지 내 안에서 말하고 흐를 테니까.

또 한 번 취재지원서를 쓰고 답을 기다렸다. 이번에 안 되면 다음을 기약해봐야지 뭐 싶었지만 그럴 힘이 남아 있을지 모르겠다는 비관도 들었다. 마침내 극지연구소에서 긍정적인 회신이 왔다는 소식을 들은 날! 평소와 다름없이 카페에서 글을 쓰던 나는 벌떡 일어나 양팔을 들고 소리치며 감격하는 대신 곧바로 병원을 찾아 건강검진을 예약했다. 평소에도 스스로 꽤 계획적인 인간이라고 느꼈지만 그때는 정말 매뉴얼을 짜둔 듯 신속하게 다음 절차로 옮겨 갔다. 이틀 뒤 건강검진을 받았고 수면위내시경 마취에서 깨어나면서도 남극에 가야 하는데 별 이상은 없겠지…… 하고 생각했다.

남극 기지에 파견되려면 많은 준비가 필요하다. 개인적인 준비도 있고 연구소에서 요구하는 훈련들도 있다. 연구대에 준하는 훈련을 받았는데 극지일반교육, 육상안전교육, 기초안전교육, 해상생존교육, 아스파 관리계획교육이었다. 남극 자체가 특별히 보호해야 하는 대륙이지만 그중에서도 환경적, 과학적, 역사적으로 존재가치가 높아 조심히 접근해야 하는 공간을 남극특별보호구역Antarctic Specially Protected Area, 줄여서 '아스파ASPA'라고 부른다. 아스파에 출입하려면 허가증을 받아야 하고 환경오염 가능성에 대한 계획서도 제출해 환경부와 외교부의 승인을 얻어야 한다. 나 역시 동일한 절차를 거쳤다.

세종과학기지에서 2킬로미터 떨어진 나레브스키 곶, 이른바 '펭귄 마을'은 한국이 주도해 제정한 최초의 아스파다. 여름이면 1만여 마리의 젠투펭귄, 턱끈펭귄이 모여 둥지를 만들고 흰바다제비, 남방큰풀마갈매기, 갈색도둑갈매기 같은 새들이 날아와 새 생명을 품는다.

조약돌을 굴려 정성스럽게 집을 짓는 펭귄들, 솜털을 단 채 어른 펭귄들이 만든 '유치원'에서 공동 육아되는 아기 펭귄들. 남극을 찾는 사람이라면 누구나 고대할 그곳에 대한 기대를 품고 교육에 들어갔을 때 담당 강사는 "당신이 남극에 감으로써 남극에 일어날 수 있는 위험한 일들"부터 따끔하게 경고했다. 우리가 남극 생태계를 위협하는 균, 식물, 벌레 이동의 '매개자'가 될 수 있다는 것이었다.

"되도록 새 물건을 가져오세요. 가죽처럼 천연으로

된 옷과 신발을 준비하시고요."

이 말은 내게 깊숙이 박혔고 한편으로는 쇼핑의 빌미가 되었다. 강사는 인간의 왕래로 남극에 들어온 나방파리, 겨울각다귀, 집게벌레의 상세 사진을 보여주었다. 그리고 남극에 갔을 때 화장실 등지에서 이런 벌레들을 보면 당장 때려잡으라고 강조했다. 과연 화장실 같은, 아무 일 없이도 나른하게 무방비 상태가 되는 곳에서 벌레를 신속히 처리할 수 있을까. 자신은 없었지만 그게 내가 남극에 가할지 모를 피해를 최소화하는 길이라니 노력은 해봐야 했다.

물론 남극이 곤충 하나 없는 공간인 건 아니다. 벌레는 물론이고 지의류 같은 식물들도 존재한다. 각다귀의 일종인 파로클루스 스타이네니Parochlus steinenii는 남극에서 줄곧 살아온 고유종으로 2000여 년 전 영구동토층에서도 화석이 발견된다. 남극의 이 유일한 비행 곤충은 리빙스턴섬의 림노폴라 호수를 비롯해 전역에 산재하는 빙하 피난처*에서 위대하게 생존해왔다.

---

\* 남극대륙의 긴 역사 동안 존재해온 얼음 없는 일종의 '오아시스' 지역.

책, 캐리어 그리고 천사들

하지만 이런 고유종들과 달리 외래종들은 남극 생태계를 교란시킬 위험이 있다. 나는 외래종인 겨울각다귀와 남극토종각다귀를 구분할 자신은 없었지만 뭐든 맞닥뜨리면 해치우리라 다짐했다.

강사는 과학 연구를 목적으로 한 방문이라도 우리의 발자국은 남극에 남는다고 강조했다. 일례로 현재 남극에서는 미세플라스틱 농도가 증가하고 있는데 체류 인원들이 사용하는 치약, 샴푸, 화장품, 샤워젤 같은 일상용품이 원인 중 하나라고 했다. 이 이야기도 내 쇼핑의 빌미가 되어 친환경 제품들을 찾아 헤매는 계기로 작동했다.

시기상 내가 가장 먼저 받은 교육은 해상생존교육과 기초안전교육이었다. 출국까지는 시간이 남아 있었지만 나는 곧장 교육을 신청해 8월에 부산으로 내려갔다. 어린 시절 떠나온 부산은 내 고향이었고 갈 때마다 엄마와 동행하거나 적어도 알리기는 했는데 이번에는 전혀 얘기를 꺼내지 않았다. 남극에 간다는 말을 할 수 없기 때문이었다.

부모님은 대체로 내가 뭘 하겠다고 하면 말리는 분

들이었다. 아는 사람 하나 없이 고향을 떠나 대도시에서 아이들을 기르며 자연스럽게 익힌 불안과 경계가 부모님에게는 늘 있었다. 가끔 "어떤 아빠 밑에서 자랐어요?" 하는 질문을 받으면 나는 약간의 농담과 유감을 담아 영화 〈테이크 쉘터〉랑 비슷했다고 답하곤 했다. 영화는 오지 않는 토네이도로부터 가족을 지키기 위해 뒷마당에 피난처를 만드는 사람의 이야기다. 작가가 된 뒤로는 소설을 쓰려면 할 수 없다고 잘라버리는 통에 포기했지만 부모의 걱정과 불안은 여전히 사그라질 줄 몰랐다. 그런 상황에서 남극에 간다고 한다면? 나는 준비를 시작하기도 전에 몰아닥칠 분란을 떠올리며 아예 말을 않기로 했다. 여차하면 칠레까지 가 돌아올 수 없을 상황이 되어서야 "나 사실 남극 기"라고 전화로 알려야겠다고 비장하게 다짐했다.

# 그 여름, 버디 라인

나는 때로 모두 놀랄 만큼 꼼꼼히 계획을 세워 실행하다가도 그만큼 결정적인 실수를 해 '허당'이라는 말을 듣곤 한다. 그래서 인생이 꽤 파란만장했는데 멀게는 대학 면접 때 날짜를 착각해 다음 날 간 적이 있고 몇 년 전에는 교토에서 비행기를 놓치기도 했다. 부산으로 교육을 간 그날도 실수를 했다. '한국해양수산연구원 용당 캠퍼스'라는 교육 장소 안내 중 '용당'이라는 말을 무심히 넘기고는 본원으로 갔다. 너무 일찍 도착할까 봐 대중교통까지 알뜰히 챙겨 타고 건물 앞에 내렸을 때에야 나는 뭔가 잘못되었다는 것을 깨달았다. 그 건물 어디를 봐도 해상 훈련을 할 만한 수영장은 없어 보였다.

머릿속이 하얘진 나는 극지연구소에 전화를 걸어 어떻게 해야 할지 물었다. 업무 시간 전인데도 전화를 받아준 그 직원은 "뭘 어떻게 합니까? 얼른 가셔야죠!"라는 말로 얼빠진 날 일깨웠다. 하기는 그랬다, 가는 수밖에 없지 않은가?

정신이 번쩍 든 나는 택시를 잡아타고 기사에게 되도록 빨리 도착해야 한다고 하소연했고 택시는 녹슨 컨테이너가 쌓인 미스터리한 부두를 내달려 교육장에 도착했다. 교육장에는 내가 그토록 궁금해한 '무슨 일인가로 남극에 가야 하는 사람들'이 모여 있었다. 성인을 대상으로 한 교육장이 으레 그렇듯 미미한 열의와 희박한 참여 의지, 쉬는 시간에도 깨지지 않는 고요하고 냉랭한 분위기였지만 나만은 그렇지 않았다. 교육장에서 듣는 모든 것이 새롭고 신기했다. 단어 하나를 알게 될 때마다 세계에 대한 어떤 힌트를 듣는 기분이었다. 시 앵커Sea Anchor, 냉수대, HELP 동작*, 신호 홍염, 퇴선, 3SSit, Seat, Silence 같은 용어부터 심지어는 신체 무력화, 한랭 쇼크, 정신적 혼수 같은 무시무시한 단어들까지. 평소 쓸 일 없던 생경

한 말들을 받아 적으며 나는 만찬 테이블 앞의 먹깨비처럼 기대감에 휩싸였다.

오전에는 침몰선에서 어떻게 살아남을 것인가를 '머리로' 배웠다. 우선 단음 7회, 장음 1회로 약속된 비상 신호가 울리면 모두 작업을 멈추고 외부 집합 장소로 모인다. 구명조끼는 실내가 아니라 집합 장소에서 입어야 하는데 부력으로 도리어 탈출할 수 없는 경우가 생기기 때문이다. 해상으로 낙하한 뒤에는 얼른 '버디 라인Buddy Line'을 만들어 버텨야 한다. 온몸으로 앞뒤 사람을 붙들어 '체인'을 형성하는 것이다. 그리고 구명정이 펴지면 무릎을 대고 올라타 '구르듯이' 들어가면 된다.

그렇게 흥미진진해하던 나는 강사가 구명정에서의 식수 공급을 언급하는 순간 마음이 서늘해졌다. 구명정에는 다양한 비상 물품이 구비되어 있고 그중 하나가 눈금 컵이었다. 눈금 컵은 식수를 정확히 분배하는 데 필요했다. 위험이란 사건의 물리적 상황뿐 아니라 인간의 감정적 문제를 함께 발생시킨다는 점을 그제야 실감했다.

---

\*   Heat Escape Lessening Position. 열 손실을 줄이고자 양 무릎을 모아 껴안는 자세.

"며칠을 구명정에서 버티다 보면 물 한 방울이 물한 방울이 아니게 됩니다. 생존의 문제죠. 그러니 식수 분배는 돌아가며 맡고 선장은 제외됩니다. 혼자만 살려고 할 수 있으니까요."

바다에 대해 가장 잘 아는 선장이 이기적인 마음을 먹는다면 다른 생존자들의 목숨이 위태로워질 수도 있을 것이다. 모두를 제거해도 살아남을 수 있는 유일한 인물이니까. 나는 지금 듣고 있는 비상 매뉴얼들이 이미 발생한 사고들을 통해 점점 더 완비되었으리라는 사실을 떠올렸다.

오후 교육이 시작되기 전 강사는 여성 훈련자들에게 해상안전교육을 혼성으로 진행해도 괜찮은지를 물었다. 교육 특성상 신체 접촉이 있을 수밖에 없어서 원한다면 여성만으로 조를 짜주겠다고 했다. 여성 훈련자는 고작 네 명이었다. 어쩌나 싶었는데 다행히 남극에 세 번째 방문하는 연구원이 있었다. 내 뒷좌석에 앉아 노트북을 골똘히 들여다보던 그에게서 느껴지던 '오라'의 정체를 그제야 알 수 있었다.

책, 캐리어 그리고 천사들

"뭐, 그간 별일은 없었는데요."

우리가 신뢰의 눈길로 고견을 물었을 때 연구원의 답은 군더더기 없이 간단했다.

점심 식사 후 주황색 훈련복을 입고 수영장에 모였다. PT 체조를 시작했고 상대를 등에 짊어져 가며 합동 훈련에 필요한 정신력을 서로 일깨웠다. 나보다 체격이 큰 이십대 청년을 번쩍 들었을 때 '아, 생각보다 내 체력은 쓸 만한가?' 자신감이 잠깐 들었다. 이윽고 강사가 호루라기를 불며 "입수!" 하고 외쳤다.

세 시간 동안 우리는 물을 먹고 드넓은 수영장을 헤엄치고 헬프 동작과 버디 라인 만들기를 반복했다. 자기도 모르게 어디론가 떠내려가고 있는 훈련생의 뒷덜미를 잡아채어 주기도 하고, 앞구르기를 하듯 구명정으로 굴러 들어갔다. 구명정 탑승 훈련이 나는 가장 힘들었다. 끝나고 나니 무릎이 멍투성이였다.

버디 라인을 만들 때는 겨드랑이로 뒷사람 발을 잡고 내 발은 앞사람 겨드랑이로 넣어 물에 함께 떠 있어야 했다. 뒷사람 발이 느슨해질 때마다 나는 "떠내려가지 않게 발을 확실히 넣어요!" 하고 소리 질렀다. 누가 나를 잡

고 있는지 누구를 붙들어주기 위해 안간힘을 썼는지 그때도 지금도 기억나지 않지만 앞뒤 누구도 놓치고 싶지 않았다는 점은 분명했다.

그날 훈련은 구명정에서 헬리콥터로 구조되는 가상의 상황으로 끝이 났다. 당연히 헬리콥터는 없었지만 훈련생을 벨트에 묶어 물 밖으로 끄집어내는 기계가 있었다. 완전히 지친 사람들을 모터가 돌며 수영장 밖으로 끌어냈고 우리는 타일 바닥에 퍼질러 앉았다. 그렇게 수영장이 고요해졌을 즈음 강사가 "웬 도롱뇽이 있네" 하고 뭔가를 떠냈다. 인공 파도까지 가동해 우리를 괴롭히던 때와는 달리 강사는 온화하고 여린 청년의 얼굴이었다.

도롱뇽은 작고 몸체가 연필 선처럼 가늘었다. 그 조그마한 걸 어떻게 알아봤을까 싶을 만큼. 훈련생들이 나가와 구경을 했고 이윽고 강사는 밖으로 나가 도롱뇽을 놓아주었다. 가상의 위험에 여러 번 빠졌다가 살아남은 우리는 길을 잃은 어린 도롱뇽이 기적처럼 자기 삶으로 돌아가는 실제 과정을 지켜보았다.

1박 2일 교육을 마치고 부산역으로 가는 택시를 탔

더니 아빠와 같은 연배의 기사분이셨다. 이 건물에서 대체 뭘 했는지 물으시기에 남극에 간다고 답했다.

"전 아직 부모님께 말씀도 못 드렸어요."

빗방울이 떨어지더니 이윽고 유리창에는 작은 반구들이 생겨났다.

"왜요? 돈 준다고 갈 수 있는 곳도 아니니 얼마나 자랑스러워하시겠어요, 난 그럴 것 같은데?"

나는 우리 가족도 부산에서 살았고 아빠는 완전 부산 토박이라고 전했다. 아빠가 실직하지 않았다면 이 도시를 떠날 일도 없었으리라는 말까지는 하지 않았다.

택시 안에서 응원을 받은 나는 일단 부산역 푸드 코트에서 치즈라면을 주문한 뒤 상대적으로 나의 모험심에 호의가 있는 엄마에게 전화를 걸었다. "어디? 남극을 간다고?" 하며 놀라는 엄마 목소리 뒤로 "안 돼!" 하는 아빠의 외침이 들렸다.

"정말 애써서 얻은 기회야. 다른 사람들은 부모님이 자랑스러워할 거라던데……."

서운한 나는 가족끼리 절대 금물인, 타인 비교를 해버렸고 엄마는 이내 포기했다.

"너 그렇게 너무 일에 욕심부리면 안 돼."

아빠는 직업윤리까지 내세워 강하게 반대했지만 지금 나는 인천공항을 출발해 칠레로 향하고 있다. 한국 시각으로는 1월 27일 밤 9시 40분이고 튀르키예 상공을 나는 중이다. 파리 샤를 드골 공항에서 내려 네 시간 대기한 다음 칠레의 수도 산티아고로 가는 비행기를 탈 것이다. 그렇게 8월의 여름으로부터 1월의 겨울로 '버디 라인'은 이어지고 있다.

# 아 유 오케이?

---

지금은 아마도 28일, 산티아고로 가는 비행기 안이다. 어느 나라 기준인지는 몰라도 노트북은 오전 7시를 가리키고 있다. 열네 시간을 비행한 뒤 경유지를 거쳐 다시 열네 시간을 비행하는 여정은 다시는 경험하고 싶지 않다! 하지만 3월에 같은 여정으로 돌아와야 한다. 그래도 그때는 지금과 다르겠지, 어떻게 다를지는 남극에서의 시간들이 자연스레 만들어줄 테고.

최종 정리를 하고 나니 캐리어 두 개가 겨우 닫힐 정도로 짐이 많았다. 그러고도 배낭과 보스턴백을 주렁주렁 달고 여기까지 왔다. 대부분 생필품이라 뺄 것도 없어서 책은 두 권만 넣었다.

출발 전 극지연구소 L박사와 통화하며 기지분들께
뭘 선물로 가져가야 할까요 묻자 "작가님 책 한 권 가져
오시면 되죠" 하는 다정한 말을 들었다. 그렇지 않아도
세종 기지에 도서관이 있다고 해서 내 책을 한 권 놓고
오고 싶었다. 세계의 끝, 인간이 상상할 수 있는 지구의
가장 먼 곳, 마치 흰빛처럼 아스라이 존재하는 얼음 땅에
내 책이 있다니. 나는 책장 앞에서 고민하다가 《경애의
마음》을 캐리어에 넣었다.

책을 마음껏 가져갈 수 없는 건 사실 내게 심상한 일
은 아니었다. 작가는 쓰는 데에도 몰두해 있지만 읽는 데
에도 만만치 않게 집착하는 사람들이니까. 나는 익숙하
지도 않은 전자책을 태블릿 피시에 저장하고 종이책은
하는 수 없이 한 권만 챙겼다. 남극점에 도달했지만 돌아
오지는 못한 영국의 탐험가 R. F. 스콧의 《남극 일기》(세
상을 여는 창, 2005)였다. 나는 이 책을 비행기에서 읽으면
좋겠다고 생각했는데 지금은 왜 그런 무모한 결정을 했
을까 반추하고 있다. 책의 첫머리부터 스콧이 가족과 친
구들에게 남기는 마지막 편지를 읽어야 했기 때문이다.

죽음을 수용하는 고요하고 투명한 정신, 남은 이들에 대한 사랑. 책은 첫 장부터 쉽게 넘어가지 않았다.

지금 《남극 일기》에서 스콧은 바람에 새파랗게 깎인 요철 구간을 헤쳐나가는 중이다. 대체로 날씨 이야기로 시작해서 내일은 나으리라는 낙관으로 끝난다. 날짜를 지우면 스콧의 기록은 이 시대와 다를 것이 없다. 남극은 여전히 아름답고 경이롭고 두려운 곳이다. 스콧은 절친한 친구인 J. M. 베리에게 죽음 따위는 조금도 두렵지 않지만 미래를 위해 계획했던 소박한 즐거움들을 놓아야 한다는 사실이 아쉽다고 말한다. 스콧이 사용한 '소박한'이라는 말에서 그가 끝까지 그리워한 것들을 그려볼 수 있다. 편지의 수신자인 베리는 우리가 잘 아는 '피터 팬' 시리즈의 작가로 그는 스콧의 일기를 정리해 출판함으로써 친구의 마지막을 기렸다.

모두 잠든 가운데 혼자서 불을 켜놓고 있으니 친절한 스튜어드가 "아 유 오케이?" 하며 필요한 게 있는지 묻는다.

"따뜻한 물 좀 부탁해."

"오렌지주스 달라고?"

내 영어 발음이 그 정도라니. 하지만 곧 뜻이 통했고 미소와 함께 컵을 건네받았다. 그런데 왜 나는 잠들지 못하는 걸까, 설마 한국에 있는 사람들이 벌써 그리워서?

구조대가 텐트를 발견했을 때 스콧은 일기와 편지를 오른팔에 끼고 있었다. 눈에 띄는 곳에 두어야 발견될 가능성이 높기 때문이었다. 그는 자신이 행한 결과보다 과정이 더 가치 있다고 적었다. 남극의 초기 과학 연구는 스콧 탐험대의 기록물에 빚지고 있다. 동상으로 손발을 잃어가는 가운데에서도 그들은 지질과 생물 연구에 필요한 획득물을 버리지 않았다. 그 무게는 15킬로그램에 달했다.

이제 비행기는 지도의 가장자리를 밀며 남미 대륙으로 들어섰다. 칠레의 산티아고까지는 4281킬로미터가 남았는데 놀랍게도 거기가 최종 목적지가 아니다! 하지만 스물여덟 시간 비행 끝에 땅은 좀 밟아볼 수 있을 듯하다. 아, 나 정말 괜찮은가?


산티아고행 에어프랑스에서 유령처럼 내려 공항과 곁붙은 호텔을 구글 지도로 검색했다. 바로 연결되어 있

책, 캐리어 그리고 천사들

다는데 피곤이 뇌를 정지시킨 건지 도무지 방향을 잡을 수 없다. 스마트폰을 들고 왔다 갔다 하고 있으니 공항 직원이 다가와 말을 걸었다. 오, 천사여. 내가 지금껏 무사히 여행을 다닐 수 있는 것 모두 이런 세계의 천사들 덕분이다.

"오, 홀리데이인! 나를 따라와!"

직원은 카트까지 밀어주며 앞장섰다. 주차장을 가로질러 호텔로 향하는 방향을 친절히 알려준 뒤 하루 잘 보내라며 사라졌다. 남미의 쨍한 여름 햇살, 비로소 맡아보는 신선한 공기, 기분이 금세 좋아졌지만 긴 여정으로 정신은 아득하고 무엇보다 발이 퉁퉁 부었다. 캐리어와 짐을 실은 공항 카트를 밀며 드디어 호텔에 도착했는데, 아뿔싸, 체크인까지 무려 네 시간이 남아 있었다. 나는 망연자실한 채로 호텔 소파에 쓰러져 관광할 컨디션인지 '느리게' 헤아린다. 일단 산티아고 공항 주변에는 아무것도 없고 우버나 택시를 잡아타고 시내로 나가야 했다. 하지만 지금 나는 반은 잠으로 반은 피로로 곤죽이 되어 있지 않은가. 한 걸음도 걷지 못할 것 같았다. 그래도 호텔 로비에서 네 시간을 보낼 수는 없어 카운터에 다가가 우선 짐부터 맡기려고 하니 칠레의 두 번째 천사가 혹시 체크인하고 싶으냐고 물었다.

"물론, 물론, 물론이에요!"

직원은 친절하게도 생수 한 병을 건넨 뒤 멤버십 가입을 하면 이른 체크인이 가능하다고 설명했다. 나는 생명수처럼 전해진 물 한 병을 그 자리에서 다 마신 뒤 가입 신청서를 작성하기 시작했다. 나는 사흘간의 비행이 녹진하게 만든 이 기름진 머리를 얼른 감고 싶다. 단 몇 시간이라도 다리를 뻗고 수면하고 싶다. 재빠르게 회원 가입을 마치고 카트를 밀며 엘리베이터로 돌진하는데 뭔가 이상하다. 당연히 카트는 호텔 엘리베이터에 들어가지 않았다. 공항 카트를 방까지 가져가려 하다니. 나는 살짝 민망해하며 짐을 로비에 두고 하는 수 없이 또 허위허위 걸어 카트를 공항에 놓으러 나섰다. 그런데 막 체크아웃을 하는 미국인 부부가 세 번째 천사로 나타나 "우리가 그걸 좀 사용해도 될까?" 하고 물었다. 그 역시 물론, 물론, 물론이었다. 우여곡절 끝에 방으로 들어간 나는 곧장 쓰러져 잤다.

청결과 위생을 위해 잠깐 샤워를 하고 샌드위치를

먹은 것 빼고는 이튿날 오전까지 내리 숙면했다.


　　산티아고에서 1박을 하고 1월 29일 푼타아레나스
에 내리니 계절은 또 바뀌어 있었다. 겨울에 한국을 떠난
나는 33도의 산티아고를 잠깐 경험한 후 초겨울 기온으
로 돌아왔다. 산티아고 공항에서는 입국장만 나가도 "택
시 필요해?"를 외치는 기사가 많았지만 여기는 차가 없
었다. 우버를 부르니 결제 수단을 변경하라는 알림과 함
께 거절이 떴다. 신용카드가 잘못됐나 싶어 다른 카드로
바꿔봤지만 소용없었다. 현금 결제로 바꾸니 그제야 차
가 잡혔고 내릴 때는 약간의 팁을 제하고 거스름돈을 받
았다.

　　"어디서 왔니?"

　　"한국에서 왔어."

　　"푼타아레나스는 아름다운 도시야."

　　"정말 그런 것 같네."

　　차창 밖 도시는 고요하고 차분한 회색빛이었다. 여
름이지만 우리가 떠올리는 생장의 여름과는 다른, 잠시
추위에서 놓여난 풍경. 누군가는 황량해 보이는 이 도시

를 마음에 들어 하지 않겠지만 도로를 달리는 잠깐 사이 나는 이곳이 좋아졌다. 내가 성장한 인천과 근원적으로 유사했다. 바다는 철광처럼 무거운 남빛이고 화물차들이 자주 오갔으며 마젤란 해협의 세찬 바람이 불었다. 컨테이너를 실은 큰 배들이 부두를 바라보며 떠 있었고 그 시선을 오래된 창고들이 받아냈다. 디에고 데 알마그로 호텔에 도착하니 체크인 카운터는 이미 만원이었다. 남극 마크를 단 유니폼 차림의 사람들로 북적였다.

　겨우 짐을 풀고 식사를 하러 나가자 갈색 개 한 마리가 따라왔다. 푼타아레나스의 개들은 대체로 크고, 자유롭게 거리를 다닌다. 풀어 키우는 녀석들도 있고 들개들도 돌아다닌다고 한다. 부두 창고 벽에는 푼타아레나스 사람들과 동물들의 일상이 다감하게 그려져 있었다. 동네 골목에서 썰매를 타는 아이들, 꼬리를 휘저으며 아이들을 참견하는 개, 나무 담장 위의 턱시도 고양이, 두툼한 털을 가진 양. 그런가 하면 항만에 버려진 고래의 흰 뼈 그림이 포경 기지로 유명했던 이 도시의 역사를 드러냈다.

　오래전 죽은 고래의 흔적과 사라진 활황의 기세. 작

살을 든 많은 유럽인이 19세기 중반 증기선을 타고 이곳으로 왔고 1961년 남극 조약이 발효되기까지 남극해에서 고래 180만 마리가 사라졌다. 180만 마리는 떠올리는 것만으로도 아득해지는 살상의 숫자다. 하지만 중요한 건 이제 우리가 더 이상 남극해의 고래를 그런 대상으로 여기지 않는다는 점이다. 고기와 가죽과 기름을 얻기 위한 획득물에서 보호하고 존중해야 하는 생명체로 바라보게 된 변화는 당연한 것이 아니다. 작살과 총을 내려놓고 생명에 대한 경이와 사랑을 택한 과정은 인간종이 이루는 이런 마음의 변화가 진보와 발전이란 사실을 보여준다.

공원으로 들어서니 높다란 침엽수들이 남극풍을 따라 가지와 잎이 비틀려 자라고 있었다. 이를테면 그런 나무들은 바람의 현현이었다. 우리 집에서도 키우는 대형 아라우카리아들도 서 있었다. 어색할 만큼 둥글게 전정한 나무들이 보일 때면 사다리를 놓고 바람의 시간을 조금씩 가지치기했을 정원사들을 상상했다.


1월 30일, 나흘을 홀로 이동한 끝에 드디어 일행과

만났다. 나를 빼고는 모두 과학자였다. 호텔에서 식당으로 걸으며 나는 긴장한 나머지 쉴 새 없이 떠들었다. 전화 통화를 제외하고는 처음 만난 사이인데 보자마자 방금 끝난 아시안컵 16강 경기 결과부터 전했다. 눈이 커다랗고 '고막 남친' 같은 중저음의 L박사는 "작가님, 그동안 말 나눌 상대가 없어서 많이 답답하셨나 봐요"라며 이해한다는 듯 고개를 끄덕였다.

떠올리니 그동안 나는 대체로 혼자 여행하는 편이었다. 책 한 권을 내고 나면 한국어가 한마디도 들리지 않는 곳으로 떠났다. 능숙한 외국어가 없기에 가능한 일이었다. 그렇게 조용히 이국을 걷고 있으면 고독과 고립 사이에 마음이 재조성되면서 다시 쓸 수 있는 사람이 되었다. 하지만 남극에서는 그럴 수 없었다. 일단 2인 1조가 아니면 기지 밖으로 나가지도 못하니까.

북극곰처럼 선하고 따뜻한 인상의 M박사는 나처럼 혈당과 혈압을 조심해야 하는 과학자였다. 나중에 대화해보니 그 역시 나처럼 낯을 가리는 편이라 만나자마자 자신의 건강 정보부터 나열해버리고 만 듯했다. 유관 기관에서 파견된 벡터 씨는 개인 드론까지 마련해 온 열혈

공학자였고 나와는 여름 훈련에서 한 번 본 사이였다.

우리는 저녁을 먹기 위해 번화가를 돌아다녔지만 마침 유람선이 들어와 맛집들은 이미 만석이었다. 별수 없이 손님이 아무도 없는 식당으로 들어갔다. 우리를 보자마자 직원과 주방장이 흠칫 놀라 앞치마를 찾아 매는 아주 로컬한 분위기였다. 그건 시간 때문이기도 했다. 9시 30쯤 해가 지는 푼타아레나스에서는 오후 5시에 간단한 요기를 한 뒤 8시 이후에 저녁을 먹었다. 우리는 피자 한 판과 칠레 고기 요리를 모둠으로 맛볼 수 있는 플레이트를 주문했다.

원래는 더 많은 일행이 예정되어 있었지만 국가연구개발R&D 예산이 삭감되면서 방문을 계획했던 연구원들이 오지 못했다. 내 일정 또한 그에 따라 몇 번 바뀌었기에 안타까운 상황을 잘 알고 있었다. L박사는 내게 식생 팀이 되어달라고 청했다. 일꾼이 필요하다는 말에 낯선 곳에서 겉돌 나를 배려하는 마음이 느껴졌다. 기지 생활에 발붙일 공간이 생겨나는 순간이었다. 물론 후에 나는 L박사에게 원래 과학자들은 이렇게 워커홀릭이냐고 묻고 나중에는 아예 "제발 좀 쉬세요!"라고 말하게 된다.

하지만 적어도 그때는 "뭐든 시켜만 주세요, 저 역시 식물을 좋아하는 식집사입니다!" 하고 열의를 보였다. 그리고 우리 집 사랑스러운 화분을 나열했지만 반응은 기대와 달랐다.

"저희는 집에서는 절대 식물을 안 길러요."

M박사는 미소를 잃지는 않았지만 단정하게 잘라 말했다. 아, 이건 마치 소설가가 쓰는 일에 너무 지친 나머지 일상을 위해서는 일기 한 줄도 쓸 수 없는 상황과 같은가 싶었다.

"사실 저희는 식물을 좀 괴롭게 하는 편이죠."

실험을 하다 보면 극한 환경에 식물을 노출시켜야 하는데 그러면서 이상한 카타르시스(?)를 느끼는 과학자들도 있다고 했다. 그 역시 소설가가 쓰다 쓰다 질려 등장인물을 교통사고로 제거해버리는 마음과 같겠구나 싶었다. M박사는 연구 기간에 거의 1만 개의 시금치를 '숲별'로 보냈고 그래서 지금도 시금치는 먹지 않는다고 고백했다.

"기초 학문 연구자들이 독특해요. 개성이 두드러지는 사람이 많죠. 그러니까 남극까지 오는 것이고요."

L박사가 덧붙였다. 나는 걱정 말라는 투로 "제가 제일 좋아하는 사람이 어딘가 '이상한' 사람이에요" 하고 답했다. 나 역시 남극행을 꿈꿔온 이상한 소설가 중 하나이니까.

푼타아레나스에서 이틀을 보내고 2월 1일 아침 10시 40분 드디어 남극행 비행기를 탔다. 100여 명 남짓 탈 수 있는 소형 중거리 여객기였다. 지정 좌석은 따로 없었고 사람도 많지 않아 나는 세 좌석을 혼자 썼다. 그 흔하다는 일정 지연이 없는 것만으로도 행운이었다. 이윽고 앤타틱 에어라인즈는 날아올랐고 남극으로 향했다. 비행하는 동안 남극해로 진입하는 대광경을 지켜봐야 했지만 나는 또 꾸벅꾸벅 졸기 시작했다. 중간에 M박사가 스탬프를 건네줘 비자 스탬프인 줄 알고 잠결에 여권을 꺼내 쾅 찍었는데 나중에 보니 항공사 측에서 제공하는 기념 스탬프였다. 여권에 출입국 절차와 무관한 스탬프를 찍는 건 '여권 훼손'이 될 수 있다며 나는 나중에 M박사를 타박했다.

"저도 앞에서 넘어와서 넘긴 거예요. 여권에 찍을 줄은 몰랐죠."

하기는 얼마나 '국경'이라는 인위적인 경계에 익숙한 인간이면 그랬을까 나는 스스로 돌아봤다.

마침내 세 시간 뒤 비행기는 활주로라고 하기에는 애매한 자갈길에 우당탕쿵 착륙해 우리를 내려주었다. 어쨌든 남극에 무사히 도착했으므로 각 나라 탑승객 모두 안도의 박수를 치며 기뻐했다. 공항(그곳을 그렇게 부를 수 있다면) 운영은 극지 전문 민항기인 DAP Departmento de Aerovias del Sur가 담당했다. 남극에 내리자마자 긴 사슴의 몸통처럼 부드럽게 이어지는 산등성이가 눈에 들어왔다. 여름이라 눈이 녹으면서 드러난 암석과 자갈들로 아름다운 암갈색을 띠고 있었다. 그리고 영구동토층이 흰무늬처럼 빛났다.

나는 아주 완전한 행복감에 빠졌다. 단순하고 명징한 감정이었다. 공항버스에 실려 거의 출렁다리급의 진동을 느끼며 해안가로 향할 때도, 지급받은 주황색 구명복을 찬 바람 부는 맥스웰만에서 갈아입으면서도 지금 여기 있다는 사실만으로 뿌듯하게 부풀어 올랐다. 월동대원들이 조디악을 몰고 와 남극 물개처럼 생긴 유빙에 묶고 우리를 기다리고 있었다. 맞바람에 떠내려가지 말

책, 캐리어 그리고 천사들

라고 조디악을 고정해놓은 것이었다. 얼음이 말뚝을 대신하는 곳, 바로 여기가 남극이었다.

# 나는 비펭귄 인간

---

조디악을 타는 법은 간단하다. 파도가 치지 않는 순간 얼른 튜브에 걸터앉아 넘어가면 된다. 보트 양편에 나뉘 앉아 단단한 로프를 잡는데 무섭다고 양손으로 붙들면 뒤로 자빠질 위험이 있다. 절대 떨어지지 않겠다며 줄을 손목에 꽁꽁 감아서도 안 된다.

"빠지면 건져내면 되는데 괜히 묶었다가 뼈까지 부러집니다."

월동 대원의 말에 얼른 왼손으로만 줄을 쥐었다. 운전석에 앉은 대원이 장갑이 없느냐고 묻는다. 한국에서 두 켤레나 가져왔고 옷 어딘가에 넣었는데…… 없다.

모기만 한 목소리로 없다고 하자 "제가 쓰던 것이긴 한데……" 하며 장갑을 건넨다. 보트를 타는 동안 아무도 말하는 사람이 없고 반동도 커서 넘어지지 않게 다리에 힘을 주어야 했다. 기지 선착장에 도착하니 대원들이 손을 흔들며 반겼다. 사다리를 타고 선착장으로 올라 소독 호스로 바다 건너의 흔적을 모두 지운 다음 기지로 들어갔다. 한 달 동안 지낼 나의 집, 이따금 홈페이지에 들러 눈으로만 살펴보던 세종 기지에 드디어 도착했다.

　"남극에서 가장 기대하는 게 뭐예요?"

　어느 날 벡터가 푼타아레나스에서 물었다.

　"얼음의 푸른빛이요. 높은 압력과 밀도로 압착된 얼음에서 나오는 믿을 수 없이 푸른빛."

　남극으로 오기 전 운석학자인 최변각 교수와 대화를 나눌 수 있었다. 2006년부터 여러 차례 남극에서 활동한 그는 가장 기억에 남는 순간으로 빙붕에서의 경험을 꼽았다. 남극대륙을 뒤덮은 얼음이 빙하를 타고 내려와 바다 위로 퍼지며 평평하게 얼어붙은 빙붕. 흰빛 외에는 아무것도 없는 일종의 백색 큐브 속에서 스스로 아주 고요해졌다고 회상했다. 그것은 아마 극지가 주는 가장 투명한 마음일 것이다. 내게는 그것이 얼음의 푸른빛이었다. 내가 되묻자 벡터는 고립이 가장 기대된다고 답했다.

"이역만리 남극에 한국의 맛과 멋을 전하는 세종회관"으로 들어가 김치볶음밥으로 배를 채운 다음 오리엔테이션을 들었다. 여름날의 세종 기지는 37차 월동 대원들과 하계지원 팀[*]이 지키고 있었다.

오리엔테이션의 핵심은 인터넷이었다. 세종 기지에서는 2024년 1월부터 저궤도 위성 인터넷 서비스인 스타링크starlink를 쓰고 있었다. 5Mps 속도의 이전 통신망보다 훨씬 빨라서 완전한 고립을 꿈꾸던 벡터는 기지 시간으로 밤 9시에 열린 회사 줌 회의에 쓸쓸히 참석할 수밖에 없었다. 1600개의 위성을 쏘아 올린 일론 머스크의 무자비한 신기술 탓이었다.

연구동의 218호를 배정받고 방문을 열었다. 원래는

---

[*] 이형근 대장, 권영훈 총무는 기지를 총괄했고 황준영, 염창훈, 위대환, 오민기, 민준홍 연구대원과 김기현 기상청장, 고화석, 강동경, 이창재, 송석록, 이진웅, 이병학, 김은수, 권오석 시설 및 안전대원과 안치영 조리대원, 정인철 닥터가 각 분야를 맡았다. 하계지원 팀에는 류서현, 김근호, 박종민, 유상혁 대원이 있었다.

2인 1실이지만 연구대원 수가 적어서 혼자 쓸 수 있었다. 옷장과 책상, 작은 침대, 그리고 네모난 창. 살면서 많은 방을 가져보고 아주 드물게 그건 어느 리조트의 화려한 룸이기도 했지만 나는 이 방을 가장 자랑스러워하리라고 생각했다. 창으로 다가가니 맞은편 위버반도의 부드러운 능선이 보였다.

　　대강 방을 살핀 뒤 선물로 준비한 마누카 캔디를 들고 기지 대장의 방을 방문했다. 필요한 지원을 설명하며 나는 대원들 몇 분과 인터뷰하고 '펭귄 마을'인 나레브스키곶을 우선 방문하고 싶다고 이야기했다. 신문에 연재하는 여정기 때문이라든가 우리 기지가 관리하는 아스파니까 흥미가 간다든가 애써 이유를 댔지만 사실 펭귄은 남극을 방문하는 누구나 품는 '로망'이었다. 우리는 대체 왜 이 동물을 이렇게나 사랑할까. 턱시도 차림의 사람처럼 생겨서? 먼 대륙에 살아서? 뒤뚱뒤뚱 걸어서? 펭귄을 좋아하는 마음에는 어딘가 갸륵하고 애틋한 면이 있다. 물론 연구자들에게 이 동물은 한없이 귀엽기만 한 존재는 아니었지만.

　　"그리고 기지에 도서관이 있다고 들어서 기대 중입

니다!"

내가 말하자 두 분은 약간 당황했다.

"지금 도서관 정리가 되어 있나?"

"자동 서가가 고장 나 있는 상태인데요."

동그란 안경테의 권영훈 총무가 조심스레 설명했다.

"예전만 해도 100만 원 정도 예산을 들여 종이책을 사 왔는데 요즘은 워낙 인터넷이 발달하다 보니…… 허허 허……."

이형근 대장은 20여 년 전 통신대원으로 월동대에 참여했다가 장보고 기지를 거쳐 다시 세종 기지 대장으로 돌아왔다. 대원들에게 들으니 나이 어린 지원자들을 적극적으로 영입해 이번 차대를 꾸린 혁신가라고 했다.

"요즘은 책 말고도 재미있는 게 많고 전자책으로 보는 경우도 늘었으니까요."

나는 괜찮다며 고개를 끄덕였다. 책의 자리는 언제나 좁고 그늘지고 조용하니까. 햇볕이 내리쬐는 운동장에서 열심히 공을 차는 아이들보다는 가장자리 등나무 벤치에 앉아 있는 아이들 손에 들린 게 책이니까. 우리는 대장실을 나와 자연스레 도서관으로 내려갔다. 귀여운

책벌레가 그려진 문을 열자 바닥과 천장 모두 나무 재질인 작은 방이 나왔다.

프로이트 전집부터 만화《원피스》까지 책으로 꽉 들어찬 가운데 노트에는 최근 대여자들의 이름이 적혀 있었다. 더할 나위 없이 완벽한 도서관이었다.《인듀어런스−어니스트 섀클턴의 위대한 실패》(뜨인돌, 2003)를 빌려 숙소로 돌아가니 누가 캐리어를 방에 가져다놓았다. 그 숨은 천사가 누구인지는 끝내 밝혀지지 않았지만 고마운 환영 인사였다.

세종 기지의 구조를 알기 위해 일단 당신이 기지를 방문한 턱끈펭귄이라고 가정해보자. 남극에는 부리가 붉은 젠투펭귄과 눈과 부리 아래에 끈 무늬가 있는 턱끈펭귄이 사는데 턱끈펭귄이 좀 더 용감하고 호기심이 많다. 기지에 도착하고 열흘쯤 뒤 실제로 기지를 둘러보러 온 턱끈펭귄과 맞닥뜨리기도 했다.

턱끈펭귄인 당신은 나레브스키곶 어느 절벽에서 먼 바다로 식사하러 나왔다가 무언가 우뚝 솟은 풍경을 보았을 것이다. 자연스럽게 물 밖으로 나와 날개를 한껏 뒤

로 젖히며 기지 선착장 위로 걸어왔다. 다이버들을 위한 감압체임버실, 윙 하는 소리가 끊이지 않는 발전동, 레일이 깔린 고무보트 창고까지 와서 살펴보니 몇몇 비펭귄 동물들이 보인다.

우선 발전동에는 대원들 중 가장 젊은 스물다섯 살 K대원이 있다. 탄탄한 직장에 취업해 경력을 쌓아나가던 그는 남극의 꿈을 포기 못 해 회사와 담판을 지은 끝에 휴직 상태로 여기 왔다. 최근 발전기 고장이 잦자 소신공양의 결심으로 머리를 삭발했고, 그러고 나니 펭귄들의 둥근 머리와 다를 바가 없어졌다.

기지의 첫 방문자들이 묵념을 올리는 고 전재규 대원* 추모 흉상을 지나면 월동대가 머무는 생활관이 나온다. 겨울에 블리자드가 불면 자기 발조차 보이지 않으니까 중요 시설이 여기 모두 갖춰져 있다. 지휘실, 통신실, 의무실, 대원들 숙소, 식품 저장고, 그리고 부엌. 남극 생

---

* 2003년 남극세종과학기지 17차 월동 연구대원으로 근무 중 조난 사고로 실종된 동료 대원을 구조하는 해상 수색 과정에서 순직했다. 그를 기려 국민훈장 석류장이 추서되었으며 국립대전현충원에 안장되었다. 극지연구소에서는 숭고한 희생정신과 극지 연구의 열정을 기억하고자 매년 '전재규 젊은과학자상'을 수여한다.

태계 최대 포식자인 스쿠아(남극도둑갈매기)는 이 건물에 음식이 있다는 사실을 알고 기다리기도 한다. 야생동물의 존귀한 자생성에는 영 감이 없는 녀석들이다. 막 식사를 마치고 생활관에서 나온 비펭귄 인간이 더 이상 다가가지 말라고 앞을 가로막는다. 양 날개를 아래로 쭉 뻗고 소리를 질러주자 마음대로 하라며 연구동으로 사라진다. 음울한 인상으로 보아 저건 소설가가 아닌가?

필로티 건물로 지어진 연구동 철문을 힘겹게 밀고 들어가니 커다란 신발장에 슬리퍼와 각양각색의 등산화들이 빼곡하다. 냄새를 맡아보니 펭귄 마을을 다녀온 인간들이 꽤 있는 모양이다. 1만여 마리나 되는 우리 펭귄들은 하루 3톤의 크릴을 소비하며 열심히 산다. 그러면 그만큼의 배설물과 진흙, 눈이 뒤섞여 땅이 질척질척해지는데 이 냄새를 못 견뎌 하는 나약한 인간이 많다. 온종일 마을을 누비며 활동하는 과학자들마저도 한 시즌 다녀가면 새우깡을 못 먹게 된다.

연구동 1층에는 가종 실험 장비로 가득한 웨트랩Wet Lab, 드라이랩Dry Lab, 대기우주과학연구실 등이 있고 1층과 2층 휴게실에는 라면, 과자, 시리얼, 팝콘, 컵밥, 레토

르트 찌개 등이 그득그득 쌓여 있다. 저렇게 신선도 떨어지는 음식들을 무슨 맛으로 먹는지 모르겠지만 지금도 누군가 파티션 뒤에서 조용히 탄수화물을 섭취하고 있다. 휴게실에는 현재의 기상 상태를 알려주는 큰 모니터가 있고 2층 창턱에는 색색의 레고 블록이 쌓여 있다. 이 거대하고 황량한 땅에 마치 레고 블록을 쌓듯 자기 집을 만들어내야 한다는 점에서 남극의 존재들은 동일한 처지다. 그것이 다만 우리 같은 펭귄에게는 조약돌, 스쿠아에게는 자갈, 인간에게는 이토록 복잡하고 다양한 인공물일 뿐이다.

이 상상을 하며 기지를 돌아보게 해준 사람은 월동대의 H내원이었다. 헤어지는데 H가 지금 내 책이 세종기지로 오고 있다고 말했다.

"친구들이 부탁한 책과 편지들인데 떠나시기 전에 도착할지 모르겠어요. 혹시 사인을 해주실 수 있나요?"

"그럼요, 저도 답장을 쓸게요."

적도를 넘어 남극으로 오고 있을 책들을 떠올리니 신기하고 놀라웠다. 깨끗한 감동이 일었다. 인사를 나누고 펭귄 마을에 함께 갈 '버디'를 향해 걸어가면서 나는 오래지 않아 기지가 정말 집처럼 느껴질지도 모른다고 생각했다.

# 여름 언덕의 펭귄들

─────────

    일회용 방역복을 가방에 넣고 펭귄 마을을 향해 걸었다. 자갈과 암석으로 된 길이었다. 기지 주변을 벗어나자 흙은 거의 없었다. 기온은 3도 정도였지만 바람이 초속 11미터로 강했다. 얼마 걷지 않아 양말을 여러 겹 신어야 했다고 후회했다. 다친 적 있는 발목이 날카로운 바위 표면을 디딜 때마다 아팠다. 하지만 나는 남극을 걷고 있다는 사실이 너무 좋아서 버디가 눈치채지 못하게 자꾸 웃었다. 어쩌면 울고 싶었는지도 모르겠다. 슬플 정도로 행복한 감정이었는지도. 이윽고 여기가 입구라고 소리치며 버디가 바람에 낡고 지워진 아스파 표지판 앞에서 고래 뼈를 들어 보였다.

자이언트 패트롤(큰풀마갈매기)이 차지한 바위들을 지나 해안가에 도착하니 펭귄들의 세상이 펼쳐졌다. 젠투펭귄들이 서서 남극의 여름을 누리고 있었다. 회색빛 자갈은 펭귄들의 희고 검은 몸체와 잘 어울렸고 누군가 처음부터 의도한 듯 모든 풍경이 조화를 이뤘다. 비록 버디와 나는 이곳과 전혀 어울리지 않는 원색의 방한복을 걸치고 있었지만. 만약 펭귄들이 인간들의 외양을 묘사한다면 상체는 빨간 가죽이며 손은 검정, 파랑, 갈색 등으로 두툼하고 눈은 흰자 없이 검정으로만 이루어져 귓바퀴까지 이어진 얇은 뼈대를 지녔다고 할지도 모른다. 선글라스나 고글 없이는 섬을 돌아다니지 않으니까.

"1년에 한 번 털갈이를 하는데 이제 시작이에요."

버디가 가리켰다. 해안가 펭귄들은 대체로 성체들이었다. 그들은 여름이, 남극이라는 세상이, 얼음의 주기에 따르는 삶이 처음이 아닌 존재들이었다. 위험과 공포와 배고픔, 바위에 긁히는 상처와 레오파드 해표(바다표범)를 피해 도망 다녀야 하는 수중 속 피로를 겪은 존재들이었다. 그런가 하면 추위를 녹이는 햇살, 지하에서부터 조금씩 풀려나오는 물줄기, 부리 끝에 와 닿는 순한 바람, 심해에서의 겨울잠을 끝내고 수면으로 떠오른 크릴들 같은 여름의 선물도 기쁘게 누려본 존재였다. 간단히 말해 그들은 살아남은 펭귄들이었다.

지구를 한참 돌아 펭귄들 앞에 서 있는 나도 이 순간을 손쉽게 얻은 건 아니었다. 살아남기를 잘했다고 나는 해변에서 생각했다. 그건 반대의 순간들 또한 있었다는 얘기다. 누구에게나 찾아오는 위기들이었을 것이다.

펭귄과 나, 그리고 흰풀마갈매기 사이로 바람이 휘몰아쳤고 나는 그런 우리의 '거리'가 평화롭게 느껴졌다. 몇몇 펭귄들은 미동도 않고 바람을 등지고 있었다. 마치 낮잠이라도 자는 것처럼. 사람들이 펭귄을 좋아하는 건 용감해서가 아닐까 싶었다. 으르렁거리며 완력을 과시하는 용감함이 아니라 느리고 작은 존재가 신비롭게 보여주는 태연함. 극한의 날씨를 버티며 유빙의 바다를 수영하는 펭귄들의 모습에서 인간이 느끼는 감동과 경이.

"남극에 어떻게 오게 되셨어요?" 나는 얼얼한 입을 간신히 움직여 비디에게 물었다.

"어려서부터 선원이 되어 세계여행을 하고 싶었어

요. 그런 꿈을 남극 진출로 이룬 거죠. 작가님은 어려서 어떤 애였어요?"

"저요?"

나는 날개를 앞뒤로 퍼덕이며 부르르 몸을 떠는 펭귄들을 바라보았다. 읽은 책에 따르면 대부분의 동물은 개체마다 고유한 성격을 지닌다고 한다. 눈앞에 서 있는 펭귄들도 누구는 호기심을 못 견디고 누구는 마음이 강퍅해 자주 부리로 옆 펭귄을 쪼고 누구는 주춤주춤하다 짝짓기를 못 하고 호젓하게 여름을 날 것이다.

"그냥 그런 애 있죠. 글짓기 좋아하고 책 좋아하고 그냥 그런 애였어요."

그냥 그런 애, 그러고 보니 유년을 이야기할 때 자주 쓰는 말이었다. 정확해서라기보다는 누구나 거치는 유년으로 만들고 싶을 때 나는 마음의 완충재처럼 그렇게 표현했다.

버디는 이제 비탈로 올라가자고 권했다. 축축하고 미끄러운 자갈길을 올라가기 시작했다. 나중에 보니 버디는 아무리 높은 산도 단숨에 올라가는 신의 발을 가진 사람이었다. 그리고 경사가 얼마든, 무엇이 가로막든 직진하는 스타일이었다. 내 느린 행동과 미적거리는 걸음을 기다려준 인내심에 고마워해야 할 정도였다. 하지만 버디는 그러면서도 남들이 얼만큼 오나 늘 살폈고 갈까 말까 망설이고 있을 때면 괜찮을 거라고 같이 가보자고 의지를 불어넣었다. 물론 나는 며칠 후에 버디의 말을 따랐다가 얼음 언덕에서 자빠지고 말았지만.

마을 중턱으로 올라가자 너무 많은 펭귄 때문에 정신을 차릴 수가 없었다. 시야에만 수백 마리가 들어왔고 모두들 가만있지를 않았다. 눈 비탈을 가로지르며 펭귄 한 마리가 아슬아슬하게 뛰면 다른 펭귄이 죽자고 뒤쫓았다. 이제 막 바다에서 신선한 크릴을 한껏 채워 온 부모 펭귄과 새끼인 듯했다. 부모들은 그렇게 한바탕 경주를 끝내고 가장 끈질기게 따라온 새끼에게 먹이를 준다고 한다. 아마 나 같은 내향형 인간이 펭귄으로 태어났다면 비펭귄 인간인 지금보다 훨씬 배고프게 지냈을 듯하다. 지난 11월 중순쯤 태어나 한 달 뒤 세상으로 나온 새끼 펭귄들은 펭귄 마을 능선과 경사지, 절벽에 머무르고 있었다. 잘못 세탁한 울 스웨터처럼 한 올 한 올 엉킨 흰 배, 복슬복슬한 등. 꽁지깃으로도 어른 펭귄과 새끼 펭귄을 구분할 수 있었다. 붓꼬리 펭귄속인 젠투펭귄은 힘주어 써내려간 붓 모양 같은 꽁지깃이었지만 새끼들은 아직 뭉툭했다.

언덕을 다 올라가자 크레슈crèche가 보였다. 일종의 펭귄 유치원으로 부모 펭귄들이 식사를 위해 바다로 나간 사이 새끼 펭귄들이 모여 있는 그룹이었다. 유치원 선생님에 해당하는 몇몇 어른 펭귄들이 이제 막 세상으로 나와 호기심 많고 활력 넘치는 새끼들을 보살폈다. 와글와글 떠드는 펭귄들 사이를 지날 때마다 어떤 형태로든 반응이 일었다. 마지못해 몇 걸음 피해주기도 하고 놀라 줄행랑을 치기도 하고 가슴을 좍 펴고 다가왔다 꼬리를 살짝 들고는 유성 페인트처럼 하얀 똥을 갈기기도 했다. 그건 누는 것이 아니라 정말 갈기는 것에 가까웠는데 꽤 빠른 속도감 때문이다.

이원영 박사의 《물속을 나는 새》(사이언스북스, 2018)에 따르면 독일의 한 과학자는 연구를 통해 펭귄 똥이 대략 60킬로파스칼의 압력으로 40센티미터나 날아간다는 사실을 밝혀냈다. 그건 인간이 화장실에서 처리하는 속도의 여덟 배에 달한다는 생생한 비교와 함께 관찰과 수

식으로 알아낸 결과다. 궁금한 건 해결해내고 마는 과학자들의 투지가 엿보인다고 할까. 아무튼 곳곳에 그런 속도로 처리된 펭귄 분변이 선명했다. 명작을 완성하려는 어느 예술가가 페인트를 마구 뿌려댄 것처럼 흰색과 분홍색이 잿빛 자갈 위로 사방에 튀어 있었다. 크릴이 소화가 덜 될 경우 펭귄 똥은 분홍빛을 띤다.

가까이에서 보니 어른 펭귄들의 몸은 아주 멋졌다. 완벽한 유선형이었고 가슴은 탄탄했으며 대부분 짤막하다고 알고 있을 다리조차 제법 길고 근육이 잡혀 있었다. 반면에 새끼 펭귄들은 조그마한 머리가 북슬북슬한 털 속에 파묻혀 작은 눈사람 같았다. 방수깃이 나지 않아 아직 보드라운 솜깃털이었다.

비탈을 다 오르자 평지가 나왔고 드디어 턱끈펭귄들이 나타났다. 펭귄 마을에는 젠투펭귄과 턱끈펭귄이 이웃하고 있다. 젠투펭귄은 평지와 비탈 쪽에 살고 턱끈펭귄은 절벽과 해안가 노두露頭에서 지낸다. 거친 바위가 많아 마음에 걸렸는데, 턱끈펭귄들이 더 좋은 땅을 차지한단다. 바다와 가까우니까 외출에 유리한 것이다.

턱끈펭귄들은 실제로 보니 생김새가 아주 매력적이

었다. 사진에서는 이상하게 보이던 턱 밑을 지나는 선이 전혀 그렇지 않았다. 턱끈펭귄은 사납고 잘 물어뜯는다고 들었는데 일단 젠투펭귄보다 내게 무관심한 건 분명했다. 여기로 오기 전에 들은 주의 사항들, 펭귄 날개에 맞으면 이가 나갈 수도 있다든가 부리에 물리면 멍투성이가 된다든가 하는 말들이 떠올라 가까이 가지는 않았다. 나는 이 세계에 잠시 머무는 존재이고 펭귄들은 이곳의 주인이니까 가만히 바라만 보았다.

마을을 돌아보니 새끼들 월령에 차이가 나는 듯했다. 어떤 녀석은 어느덧 솜깃털을 벗고 방수깃으로 갈아입고 있었다. 그런데도 부모 펭귄은 녀석을 배 아래에 넣고 추위로부터 단단히 지켰다. 젠투펭귄이 턱끈펭귄보다 더 오래 새끼와 머물며 보살핀다고 한다. 그렇게 펭귄 마을에 푹 빠져 있는 동안 바람이 강해지고 눈발이 휘몰아쳤다.

"김금희, 김금희, 여기는 통신실."

기지에서 무전이 왔다. 분명 한국에서 훈련받았는데 막상 써야 할 때가 되자 버튼을 언제 눌러야 하는지, 말할 때인지 들을 때인지 헷갈렸다. 그러느라 통신실에서 뒤이어 하는 말을 못 들었고 뭐라 답은 해야 하니까

작은 눈사람들의 세상

"지금 연구 활동 중입니다" 하고 최대한 진지하게 보고했다. 나중에 들으니 통신실의 무전은 기상이 좋지 않으므로 당장 돌아오라는 메시지였다. 거기에 대고 연구 활동 중이라고 답했다며 기지의 지시를 당당히 거부한 셈이라고 사람들이 농담했다. 무전기 대화는 모두에게 공유돼 기지 사람이라면 다 들을 수 있었다.

버디가 이만 돌아가자고 해서 펭귄 배설물과 눈 녹은 물이 탄생시킨 초록 진창의 마을을 빠져나왔다. 서로 부리를 대고 꾸르꾸르땍(내겐 그렇게 들렸다) 수다를 떠는 턱끈펭귄을 지나, 기지에서 설치한 대기 측정 안테나가 마음에 드는지 그 아래 옹기종기 모인 젠투펭귄들을 지나 아쉬운 발길을 돌렸다. 걷는 동안 내내 눈이 내렸고 얼어붙은 남극의 공기가 반짝반짝 빛났다. 그렇게 시시때때로 겨울의 형태를 내보이는, 지금껏 경험한 적 없는 여름 언덕이었다.

"저기 물개가 있어요."

버디가 등산 스틱으로 해안가를 가리켰다. 시선을 돌렸지만 펭귄들만 보여서 "어디요?" 하고 되묻는데 바위가 서서히 일어섰다. 검은 물개였다.

# 이상한 관찰자

---

"여기서는 걸을 때 조심해야 해요. 누워 있으면 물개가 꼭 바위처럼 보여서 걷어찰 수도 있거든요."

"걷어차면 이렇게 되는데요?"

앞지느러미를 딛고 일어난 물개를 보며 내가 물었다. 야생의 물개는 크고 육중했다.

"차인 물개 기분에 따라 다르겠죠. 사람을 안 무서워하고 또 달리기를 잘하면 죽자고 쫓아올 수도 있고."

만일 그런 일이 생기면 뛸 수 있을까, 나는 곰곰이 생각했다. 펭귄 마을에 다녀오는 일정만으로 체력이 부치는데 화난 물개가 으르렁거리며 달려온다면? 나는 그런 일이 생기지 않게 최대한 신중하게 다녀야겠다고 다짐했다.

"근데 진짜 조심해야 하는 건 해표입니다."

버디는 인근 기지에서 레오파드 해표가 대원을 바다로 물고 들어가서 사망하는 사고가 있었다고 주의를 줬다.

"사람을 끌고 들어갔다고요?"

내가 놀라자 너무 겁을 줬나 싶은지 해표는 물개와 달리 육지에서 아주 느리니까 큰 걱정은 말라고 안심시켰다. 그에 따르면 해표는 몸 전체를 꿀렁꿀렁 꿀렁꿀렁하며 기어다니니까.

처음으로 남극인다운 활동을 하고 기지로 돌아온 나는 바로 침대에 쓰러졌다. 칼바람을 뚫고 자갈 해변을 걷느라 에너지가 바닥났지만 비로소 남극과의 첫 포옹을 마친 기분이었다.

안도감에 한참을 자다가 저녁 식사 시간에 늦고 말았다. 세종 기지에서는 6시가 되면 어린이의 낭랑한 목소리로 "벌써 저녁 시간이 되었어요. 하는 일 멈추고 식사하러 오세요. 밥은 먹고 지내요" 하는 공지가 나오는데 그 소리도 나를 깨우지는 못했다. 뒤늦게 눈을 뜬 나는 산발한 머리로 방한 점퍼를 꿰어 입고 연구동에서 나와 식당으로 갔다.

"오셨군요. 방에 전화를 안 받으셔서 궁금했었는데."

대장님이 나를 반겼다. 잠에서 막 깬 차라 정신이 없던 나는 "잠이 들었습니다" 하고 대답한 뒤 식판에 밥과 반찬을 담았다. 메뉴는 잘 구운 LA갈비와 고구마맛탕, 소고기우거짓국이었다. 실제 요리 테스트를 통해 선발된 셰프의 손맛은 대단했고 나는 와구와구 먹기 시작했다. 그때까지만 해도 내가 어떤 규칙을 어겼는지를 전혀 깨닫지 못하고 있었다.

"작가님, 펭귄 마을 잘 다녀오셨습니까?"

한국의 가족들과 통화할 때 '옆방의 잘생긴 선생님'이라고 나 혼자 지칭하던 탐사 팀장이 말을 걸었다. 목소리도 성우처럼 좋았다. 처음 들었을 때 텔레비전 외화에서 말런 브랜도, 알 파치노, 클린트 이스트우드 등 할리우드 톱스타 목소리를 전담했던 옛 시절의 성우 박일을 떠올릴 정도였다. 하지만 그때는 다 절여진 배추처럼 피곤하던 터라 나는 좋았다고, 펭귄들을 봤다고만 짧게 대답했다.

"기지 복귀 보고가 없어서 대장님이 걱정하시더라고요. 저녁 식사 시간이 되니까 애타게 찾으시고 총무님 보내서 확인까지 해보라고 하셨거든요."

길이 엇갈려서 부르러 온 사람은 만나지 못했고 방 전화는 자느라 못 들었는지 어쨌는지 기억도 나지 않았다. 당황한 나에게 다정한 눈빛으로 나중에 슬쩍 잘 다녀왔다고 인사하시면 좋을 것 같다는 조언을 건넸다.

"아, 아까 식당 들어와서 인사는 했습니다."

"그래요? 그러면 잘됐네요. 잘하셨어요."

다시 멋진 미소를 보이며 탐사 팀장은 다른 화제로 넘어갔지만 나는 고민에 빠졌다. 왜 당황하고 순간 뭔가를 방어하고 싶어졌는지를, 습관대로 행동하느라 지금 내가 놓친 부분이 있는지를. 식판의 밥을 다 먹기도 전에 조언을 따라야 한다는 생각이 들었다.

기지 식당에서는 밥을 먹고 나면 각자 식판을 애벌 설거지해 식기세척기에 넣어야 했다. 식판을 들고 싱크대 앞으로 가는데 마침 대장님도 서 있었다. 나는 기지 복귀 무전을 잊었고 오자마자 자느라 전화도 받지 못했으며 결국 걱정을 끼치고 말았다고 재빨리 사과했다.

"아닙니다. 아닙니다. 괜찮습니다. 펭귄 마을이 힘들지는 않으셨어요? 저는 펭귄 마을 냄새 때문에 가기가 쉽지 않거든요."

나도 악명 높은 펭귄 마을 냄새는 익히 들어 알고 있었다. 아무리 펭귄을 사랑하는 사람이라도 줄행랑을 치게 만든다는 펭귄의 똥과 먹이와 진흙이 합쳐져 햇빛 좋은 날이면 왕성한 화학작용을 일으키면서 생성되는 그 악취를.

하지만 나는 그 냄새가 그렇게 힘들지 않았다. 날이 흐려서이기도 했고 이상한 말이지만 워낙 젓갈을 좋아하는 편이기 때문이었다. 펭귄들 먹이가 크릴이라 내게 그 냄새는 푹 곰삭은 새우젓이나 토하젓처럼 느껴졌다.

"저는 완전 괜찮았습니다. 젓갈 냄새 같던데요? 대장님도 앞으로는 젓갈 냄새라고 생각하세요!"

남극에 온 지 이틀밖에 되지 않은, 유독 스몰토크에 취약한 나는 20년간 극지에서 활동한 월동 대장에게 이런 정신없는 조언을 하고 말았다. 다행히 그분은 "오호, 그러셨군요!" 했고 다음에는 내 말대로 노력해보겠다고 답했다.

그날 밤 방으로 돌아가 맞은편 위버반도를 망원경으로 바라보았다. 앞으로 쓸 남극 소설의 주무대로 상정해온 곳이었다. 내가 오고 싶은 곳은 남극이었고 더 정확히 말하자면 킹조지섬이었고 세종 기지였고, 그리고 위버반도였다. 위버반도는 세종 기지에서 바다를 오 분 정도 건너가야 있었다.

눈으로는 망원경을 바라보지만 머리로는 내 마음을 들여다보고 있었다. 왜 뭔가가 석연찮은지를. 그런 끝에 인정해야 했다. 나 역시 누군가에게 불쾌감을 주고 실수하고 잘못하는 인간이라는 점을 받아들이지 못한다는 '뼈아픈 사실'이었다. 동시에 내가 여태까지 해온 패턴대로 남극 생활을 하면 절대로 안 된다는 경각심도 들었다. 남극은 원래 인간이 존재할 수 없는 장소이고, 기지는 초대받지 않은 방문객들이 모인 일종의 '피난처'였다. 겨우 이틀 경험했고 심지어 여름인데도 당연히 추웠고 바람이 강했고 길은 매끄럽지 않았다. 외출을 위해서는 늘 한 사람이 더 필요했다. 내가 어디에서 뭘 하는지 누군가는 알고 있어야 했고 내 생활은 모두와 결속되어 있었다. 익

명 속에 시간을 보내며 종일 하는 말이란 "아이스 라테 한 잔 주세요"뿐인 대도시의 일상과는 전혀 다른 상황이었다.

나는 그날 다이어리에 "공동생활"이라고 적고 "사람들은 지금 나에 대해 아는 것이 아무것도 없다"라고 썼다. 그러니까 나를 알리기 위해 애써야 한다고, 오해가 쌓이지 않게 그때그때 적극적으로 내 마음을 설명해야 한다고.

다음 날 아침 한층 상승한 나의 친화력을 발휘하려 일찍 일어났지만 안타깝게도 토요일이라 자율 배식 날이었다. 주말에는 셰프의 휴식을 위해 각자 알아서 아침을 해결했다. 식당에는 육개장, 황탯국, 김치찌개 같은 각종 반조리 식품과 라면, 온실에서 키워낸 푸성귀들이 준비되어 있었다. 상추, 치커리, 로메인 같은 채소를 남극에서 먹을 수 있는 건 연구동 뒤 컨테이너에 자리한 스마트팜 덕분이었다.

이틀 전 둘러본 온실 트레이에는 흙이 아니라 양액에 심은 식물들이 LED 광선을 받으며 무럭무럭 자라고 있었다. 식물을 좋아하는 나는 남극에서 채소를 수확하는 영광을 경험해보고 싶었지만 육지에서 들어온 지 얼마 안 됐으므로 꾹 참았다. 혹시라도 잘못돼 대원들이 신선한 채소도 못 먹고 괴혈병에 걸리면 어쩌나 싶었기 때문이다.

강된장 컵밥과 채소 샐러드 조합으로 아침을 먹은 나는 복장을 갖추고 랩실로 내려갔다. 드디어 식생 팀으로서 첫 활동에 나서는 날이었다.

"작가님, 이 가방 쓰세요."

L박사는 놀랍게도 내 네임태그를 단 연두색 배낭까지 미리 준비해두었다. 우리는 연구 장소까지 차를 타고 이동하기로 했다. 계단을 내려가니 다 낡은 SUV 한 대가 서 있었다. 기지 사람들이 공동으로 사용하는 그 차는 모서리마다 붉은 녹이 슨 데다 차체 마감재가 떨어져 나가 험지에서 겪은 산전수전을 당당히 드러낸 채였다. 차안에는 어느 탑승자가 내던지고 간 플라스틱 통이 나뒹굴었다. 안전벨트가 있기는 했으나 축 늘어져 제대로 작동하는지 의심스러웠다. 물론 차 자체가 그렇게 오래되지는 않았고, 이동하는 거리라고 해봤자 몇 킬로미터 안

팎이었다. 도로는커녕 차로 갈 수 있는 길 자체가 없으니까. 다만 남극의 칼바람과 눈, 추위에 시달리다 보니 폐차 직전처럼 보일 뿐이었다.

M이 운전을 맡았고 L박사는 차 안에서 앞으로 우리가 연구 업무를 수행해야 하는 지역을 설명해주었다. 연구소에서는 KGL1, KGL2 하는 식으로 세종 기지 주변에 번호를 매겨두었는데 어느 날 내가 무엇의 약자인지 물었을 때 놀랍게도 아는 사람이 없었다.

"KG는 킹조지일 테고 L은 뭐지?"

과학자들조차 서로 되물었다.

"킹조지 아일랜드 롱 텀 이콜로지컬 프로그램King George Island Long-term ecological program."

우리가 어리둥절해하고 있을 때 홍 선생이 차분하게 알려주었다. 그는 그렇게 섹터를 나눠 명명한 장본인이었다.

"한국말로는 킹조지섬 장기 생태 관찰 추적이라고 할 수 있겠네요."

"음악의 아버지가 바흐라면 세종 기지의 아버지는 홍 선생님이시네요."

M이 적당한 비유를 찾아냈다. M은 연구소로 자리를 옮긴 지 얼마 되지 않았고, 지금까지의 연구와 극지를 연계해 앞으로의 계획을 설계 중이었다. M박사의 주전공은 '식물 스트레스'였고 나는 그 주제로 미국까지 가 공부한 그가 흥미로웠다. 식물들이 겪는 다양한 고통을 위해 젊음을 바치다니 그는 식물계의 슈바이처가 아닐까.

하지만 M박사는 그런 내 시선을 부담스러워했다. M만 아니라 기지 연구자들에게 나란 존재가 좀 어색하게 느껴지는 듯했다. 자기 전공을 이런저런 편견(?) 어린 시선으로 바라보며 필요 이상으로 감동하거나 감탄하니까. 과학의 세계에 '감정' 그 자체의 화신인 듯한 이상한 관찰자가 등장한 셈이었다. 물론 나 역시 이런 상황을 모조리 예상한 것은 아니었다.

# 그 카펫은 밟지 마

세종 기지 주변은 여름이면 다양한 식물들이 번성한다. 그렇다고 갑자기 나무가 일어서거나 숲을 이루는 것은 아니고 바람을 피해 지갈괴 비위와 돌속을 조용히 덮어가며 남극의 방식으로 '만발'한다. 우리의 첫 목적지는 우주환경과학관과 체육관 옆이었다. 차에서 내려 배낭을 메고 연구 섹터에 도착하자 L박사가 식물들 이름을 알려주었다. 대학 강의실에서나 받을 법한, 남극 식물에 관한 특별한 과외였다. 남극 '식물밭'은 마치 카펫을 깔아놓은 듯 폭신폭신했다. 이끼들 때문이었다.

"저…… 작가님 되도록 개들은 밟지 않으시면 좋겠

습니다."

모처럼 발밑의 부드러움을 만끽하던 내게 L박사가 말했다. 어렵게 겨울을 이기고 등장한 이끼 무더기가 내 등산화 밑에서 짜부라지고 있었다.

"아, 죄송해요. 조심하겠습니다."

얼른 옆 바위를 디뎠다.

"얘 이름은 사니오니아 운키나타Sanionia uncinata, 낫깃털이끼예요. 만져보면 촉촉하고 부드럽죠? 이렇게 앉아서 들여다보면 끝이 낫처럼 구부러져 있고요."

한 올 한 올 실처럼 가는 이끼들의 끝은 부드럽게 휘었고 새의 깃털처럼 줄기를 중심으로 미세한 실가지가 촘촘히 나 있었다. 그렇게 네 사람이 들여다보는 사이 내 코에서는 쉴 새 없이 콧물이 흘렀다. 그건 M박사도 마찬가지라서 우리는 배낭에서 휴지를 꺼내 닦아냈지만 이끼 관찰을 위해 고개를 숙이자 콧물이 다시 떨어졌다.

"그냥 여기서는 문명인이기를 포기하세요."

이번이 일곱 번째 남극 방문인 L박사가 체념이 깃든 그러나 온화한 표정으로 조언했다.

"그런데 왜 우리만 콧물이 나는 거예요? 박사님은 안 나잖아요."

신기하게도 오로지 돌만 디디며 낫깃털이끼 카펫을 통과해 가는 L박사를 보며 나는 투덜댔다.

"작가님이나 저나 면역이 안 좋아서 그래요. 스트레스 때문이겠죠."

M은 극지 연구계에 혜성처럼 나타난 '스트레스 전문가'다운 답을 내놓고는 이따금 발을 잘못 디뎌 낫깃털이끼에게 상해 스트레스를 남기면서 앞서 걸어갔다. 나는 아예 휴지를 돌돌 말아 콧구멍을 막고는 두 사람을 따랐다. 그것이 문명인의 자존심을 지킬 수 있는 최선의 슬기로움 같았다.

관측 공간에는 육안으로 상태를 살피는 식물과 온습도 측정기를 설치해 성장 환경을 매시간 기록하는 식물 등이 있었다.

"작가님, 여기 잘라주세요!"

과학자들이 장치를 다 설치하고 부르면 나는 가위를 들고 이끼 카펫을 밟지 않으려 애쓰며 달려갔다. 그리고 1밀리미터의 여분도 남기지 않게 꼼꼼히 잘랐다. 자르는 일만큼이나 남은 케이블 타이를 챙기는 일도 중요했다. 원래 없었던 것은 앞으로도 없게 하는 것이 남극의 기본 규칙이었다. 무심코 버린 플라스틱 조각이 이 백지 같은 대륙에 어떤 도미노를 불러올지 모르니까. L박사는 이동하면서도 쓰레기를 주웠고 나도 곧 따라 했다. 일종의 남극 '플로깅Plogging'이었다.

가위질은 무척 중요했지만 사실상 대기 시간이 대부분이었으므로 곧 꽤 많은 쓰레기를 주웠다. 각양각색의 비닐, 작은 플라스틱 조각, 나무판자, 녹슨 못, H빔 자재, PVC관. 작은 도랑에서 라면 수프 비닐도 건져 올렸다. 주황색 포장지에 "영라면"이라고 매우 복고적인 글씨가 쓰여 있었다. 나도 '한 라면' 하는 사람인데 내가 모르는 라면도 있나 의아해하며 수거했다.

건축자재 조각들은 지난겨울 기지를 강타한 엄청난 블리자드의 흔적이라고 들었다. 창고 중 하나가 뜯겨 나갔다. 눈보라를 동반하는 강풍인 블리자드는 남극에서 평균 시속 160킬로미터로 흔하게 찾아온다. 남극을 여러 번 경험한 과학자는 "내 손조차 안 보인다고 생각하면 됩니다"라고 내게 설명했다. 색과 그림자가 소멸하고 얼음 결정과 눈이 빛을 산란시키며 지평선을 비롯한 모든 실루엣이 사라지는 순간 운동감각을 잃어 그 자리에 붙박이게 된다고. 그런 흰빛의 포섭은 상상으로밖에 느낄 수 없었지만(여름의 세종 기지에는 블리자드가 없으니까) 그 위력만은 파괴된 창고 벽이 보여주고 있었다.

"남극좀새풀, 우스네아, 솔이끼, 클라도니아, 히만토르미아……"

L박사는 들판을 걸어가며 수업을 계속했다. 모두 기억하고 싶었지만 애석하게도 내가 제일 못하는 것이 이름 외우기였다. 남극의 작은 돌멩이 위에 발을 얹어놓고 맥스웰만의 잔물결을 바라보며 식물 수업을 들을 때도 그랬나. 겨울이면 지표면에서 2미터 높이까지 쌓이는 눈을 이겨내고 여름을 맞은 식물들의 이름이 신비롭게 들리면서도 돌아서면 잊어버렸다. 그런데 몇 걸음 가다 L박사가 "작가님, 이것 이름이 뭐랬죠?" 하고 기습적으로 물었다.

"솔이끼요."

처음에는 다행히 맞혔다.

"오, 기억하시네요. 이거는요?"

"안……드레아던가?"

L박사는 히만토르미아라고 알려주었다. 나는 이제 정말 외울 수 있다는 듯이 "아, 히만토르미아구나" 하고 목소리를 높였다. 드레드록스 머리처럼 굵고 구불구불한 모양의 히만토르미아는 바턴반도에서 가장 흔히 볼 수 있는 식물로 지의류地衣類에 속했다. 지의류는 단일 생명체가 아니라 균류와 조류가 함께 사는 '공생체'다. 지의류라는 말에 이미 '땅의 옷'이라는 한자가 들어 있듯이 극지나 사막 같은 극한 지역은 물론이고 우주 공간에서도 존재를 펼쳐놓는 주요 생명체였다. 무려 4주 동안이나 우주에서 산 기록이 있다.

내가 홀려버린 남극 식물도 지의류의 하나인 우스네아였다. 가느다란 수염뿌리 같은 모래색 몸체에 안테나 접시처럼 생긴 검정 포자낭을 지닌 우스네아는 내가 여태껏 본 적 없는 극단의 세련미를 가진 식물이었다. 몸을 숙여 바라보고 있으면 나를 어딘가 먼 곳(물론 남극은 이미 먼 곳이지만)으로 데려다놓는 것 같았다. 너는 다르고 특별하구나. 집에서도 종종 식물들과 대화해 가족들을 걱정시키던 나는 여기서도 그렇게 속삭일 수밖에 없었

다. 이제 남극의 빙벽과 유빙의 흰빛뿐 아니라 우스네아
의 검고 노란 빛을 남극 고유색으로 기억하게 되리라 생
각했다.

# 식물 수업

---

"작가님, 이게 뭐라고 했지요?"

L박사가 얼마쯤 가다가 다시 확인했다. 머뭇거리는 사이 M박사가 남극좀새풀을 맞혔다. M과 나는 L박사에게 식물 수업을 받는 중이었는데 당연하게도 M이 훨씬 이름을 잘 외웠다. 극지 식물은 아직 잘 모른다고 하더니 거의 스피시즈급으로 정보량을 쌓아갔다.

우리가 들여다보고 있는 남극좀새풀은 여름의 환한 햇길에도 살아나지 못하고 거의 죽은 것처럼 보였다. 잎이 모두 말라 있었다. 남극에는 지의류와 이끼가 대부분이지만 현화식물, 그러니까 꽃이 피는 식물이 2종 살고 있다. 남극좀새풀과 남극개미자리가 그 주인공이다.

남극좀새풀은 우리가 흔히 떠올리는 잔디처럼 생겼고 남극개미자리는 수백 개의 작은 돌기가 돋아 브로콜리를 떠올리게 하는 모양이었다. 이 두 종류의 식물은 남극에서 빠르게 늘고 있는데 지구온난화와 물개 감소가 원인이라고 한다. 물개들에게 덜 짓밟히고 광합성량은 늘어나 생존이 유리해진 것이다.

온난화는 이제 남극과 완전히 결합한 단어처럼 느껴졌다. 그 변화가 얼마나 빠르고 극적으로 진행되는지를 식탁에서조차 과학자들은 일상적으로 이야기했다. 나는 현재 위기에 대한 남극개미자리만큼의 희망이라도 찾고 싶어 대화에 집중했고 어니선가 "그래도 약간은 꺾였죠?" 하는 말이 들리면 "정말요? 약간은 그래도 나아졌어요?" 하고 애타게 물었다. 그러나 과학자들은 그런 데이터가 사실은 코로나19 유행으로 인한 일시적 값이거나 으레 나타나는 주기적 자연현상일 수 있다며 신중해졌고 나는 낙담했다.

가장 귀를 쫑긋 세운 건 앞으로 집을 사려거든 온난화로 해수면이 높아지면서 물에 잠길 지역인가를 확인하라는 조언이었다. 집을 구입하면서 '역세권'인가 '숲세권'인가도 아니고 '침세권'인가를 생각해야 한다니.

"지금은 온난화가 먼일처럼 느껴지겠지만 한번 가시화되면 집값에 미치는 영향은 순식간일 거예요. 바로 몇 년 후일 수도 있어요."

한 과학자가 말했다. 그런 입지 조건으로 그가 선택한 지역은 내가 사는 곳에서 자동차로 한 시간 떨어진 소도시였다.

L박사는 그래도 저번에 왔을 때보다 눈이 덜 녹은 느낌이라고 KGL9 부근을 돌아보며 회상했다. 예상보다 눈 쌓인 곳이 없어서 지인들에게 유빙 앞 '설정숏'을 찍어 보내고 있는데 이것이 전보다는 남극다운 풍경이라니. 나는 자갈로 뒤덮인 산과 노두를 둘러보며 걱정했고 그래도 이 여름이 좋다는 듯 물기를 품은 이끼들은 반짝였다.

기지로 돌아와 주워 온 쓰레기들을 버리고 운송 박스를 확인하러 갔다. 벡터의 짐들이었는데 어느 박스를 열어도 과자와 탄산음료, 컵라면 등이 나왔다.

"아니, 여기도 과자가 있는데 왜 이렇게 많이 가져왔어?"

그사이 친해진 나는 작은 매점을 차려도 될 만큼 쌓인 과자들을 보면서 소리쳤다. 라면도 종류별로 도착해 있었다.

"꼬북칩은 없잖아."

벡터가 항변했다.

물론 꼬북칩이 없으면 안 되는 사람도 있겠지. 새우깡이 없으면 괴로워지는 나처럼. 초코송이를 뜯자 초콜릿 크림이 곰팡이가 핀 듯 허옇게 변해 있었다.

"상한 거 아닌가요?"

과자를 집어 들고 내가 물었다.

"아니에요, 적도를 건너와서 그래요."

L박사가 설명해주었다. 몇 달씩 선박을 타고 오다 보니 초콜릿이 녹았다가 다시 얼어붙었다. 사실 기지에도 '소비 기한' 안에 든 식품들은 드물었다. 그런 빠른 유통은 한국에서나 가능했고 한 달 정도 지났어도 신선한 편이군 하며 먹는 게 기지 생활법이었다. 문제가 생긴 경우는 물론 없었다. 여기는 바이러스마저 숨을 죽이는 남

극이니까.

숙소로 올라가니 복도 끝에 못 보던 여자 대원이 서 있었다. 꽤 먼 거리라서 얼굴은 잘 보이지 않았는데 긴 머리를 풀어 헤쳐 손으로 털더니 다시 질끈 묶으며 어디론가 사라졌다. 오늘 비행기로 들어온 멤버 같았다. 우선은 화장실 청소할 사람이 늘었다는 생각에 반가웠다. 기지에서는 목요일 5시에 대청소를 실시하는데 나를 포함한 세 명이 전체 여자 화장실과 샤워실을 도맡았다. 한 명이라도 늘면 좋은 일이었다.

하지만 그날 저녁 나는 그가 긴 머리를 히피 스타일로 기르고 아주 빠르고 스웨그 있는 손짓으로 식전 기도를 하는, 에어로졸 연구자 안드레아였다는 사실을 알게 되었다. 아직 돌이 되지 않은 딸을 한국에 두고 온 아기 아빠라는 것도. 청소 파트너로 여기고 반겼던 것이 민망했다.

저녁 식사 시간은 각자 오늘 무엇을 했는지 정보를 나누는 때였다. 남극이 오늘 뭘 보여주고 뭘 방해했는지를. 사람들의 이야기를 듣고 있으면 지구의 미래는 온통 그들이 관심 가지고 있는 바로 그 존재에 의해 운용되는 듯한 착각에 빠졌다. 대기과학자와 이야기하면 산소와 탄소가 이 세상을 움직이는 것 같고 해양생물학자와 이야기하면 지구의 진정한 주재자는 원생동물原生動物과 동식물 플랑크톤 같았다. 그날의 대화는 흐르고 흘러 인공지능을 논문 작성이나 연구에 얼마나 응용하는가로 넘어갔다.

예전에는 식물 사진을 하나하나 보며 연관성을 찾아내고 수식 과정을 거쳐 모델링했지만 AI에게 '경험'시키면 더 빨리 예상을 도출하고 모델을 만들어낸다고 입을 모았다.

"기계한테 그런 능력을 가르치면 위험하지 않을까요?"

거의 19세기 러다이트 운동급의 기계 불신론자인 나는 그렇게 질문했다.

"나는 그냥 하던 방식이 좋아. AI는 별로야."

홍 선생이 의견을 보탰다. 자기 눈과 발과 머리를 믿는 지금의 연구 방식을 고수하고 싶은 듯했다.

"선생님은 어디서 성장하셨어요?"

"저는 완전 시골에서 자랐어요."

그러자 여느 과학자들과 조금 다른 면모가 이해 갔다. 둥근 이동 의자를 늘 배낭에 걸고 다니며(처음 나는 코펠로 착각했다) 홍 선생은 기지 밖을 누볐다. 목적한 곳에 도착하면 엉덩이에 의자를 걸고 어기적어기적 걸어 다녔는데 그 모습은 땅을 관찰하는 사람이 아니라 '만지는' 사람에 가까워 보였다. 실제로 농촌에서 고추 같은 작물을 딸 때 할머니들이 쓰는 의자라고 했다.

그는 홀릴 것 같은 입담을 이용해 자기가 최근 눈여겨보고 있는 히만토르미아에 대해 강조했다. 내 눈에는 그냥 시커멓기만 한 그 지의류가 자세히 들여다보면 개체마다 생김새가 완전히 다르다고 했다. 그중 대조적으로 자라는 두 개체가 너무 궁금하다고. 사람들이 특별한 이유가 있을까요 하며 히만토르미아가 보여주는 다른 현상을 이야기하니 홍 선생은 "나는 바로 개가 궁금해!" 하고 안광을 밝혔다. 그러자 나 역시 그 문제가 이번 시즌에 해결해야 할 최대 과제처럼 느껴졌다.

"그린 이유들을 알아서 뭘 할 수 있을까?"

저녁 바람을 맞으며 숙소로 돌아가는데 누군가 혼잣말처럼 읊조렸다. 기초과학 연구자나 작가나 목적과

효용성의 잣대를 들이대면 할 말이 없어지는 건 마찬가지였다.

"뭐 그런 것도 가능하지 않을까요? 이를테면 우스네아로 만든 남극 라면!" 내가 말했다.

"다시마 넣어주는 너구리 라면처럼 우스네아를 하나씩 넣어주고?" M박사가 금세 응용해 상상을 보탰다.

"그렇죠! 대박일걸?"

우스네아를 정성스럽게 물어다 둥지를 만드는 스쿠아가 들으면 당장 부리로 쪼아버리겠지만 그날 저녁 우리는 신제품 개발을 통해 사람들에게 남극의 맛을 알려주자며 의욕을 불태웠다. 생각하자면 라면만이 줄 수 있는 그날 지녁의 일의였다.

3
대기의 강

# 남극의 독학자

아침에 일어나니 유빙이 기지 해안가까지 몰려와 있었다. 하얀 포말과 함께 해안을 채우고 있는 얼음들, 앞으로 미는 파도의 힘에 엉거주춤 지상으로 잠시 올라와 앉는 덩어리들. 내 방은 유빙 무리가 잘 보이는 쪽이었고 아침마다 그 풍경을 바라보자면 나조차 투명해지는 느낌이었다. 다른 존재에 이입할 수 있는 것이 인간의 능력이라면 그것이 자연을 향할 때 인간은 가장 아름다워지고 대범해지는 것이 아닐까 싶었다.

"뭐 찾는 거라도 있으세요?"

휴일이라 혼자 식당을 어슬렁거리는데 누군가가 말

을 걸었다. 깜짝 놀라 돌아보니 나중에 내가 '월동 천사'라고 이름 붙이게 되는 월동 연구대원 M이었다. 월동 천사는 그렇게 묻고서 내가 청하지도 않았는데 식당의 설비들을 찬찬히 설명해주기 시작했다. 어디에 밑반찬이 있고 라면 끓이는 기계는 어떻게 사용해야 하며 탄산수는 어떻게 만들어 마시는지.

기지에는 에스프레소 머신도 있었다. 카페인 민감자라 우유를 넣은 라테만 마실 수 있는 나는 한국에서 몇 가지 분말 커피를 시험한 끝에 더블 샷 라테를 50개나 가지고 왔는데 그 준비가 헛수고가 되는 순간이었다. 에스프레소 머신에는 우유 거품기가 있어 원하는 모든 커피가 제조 가능했다.

"또 뭐 도움이 필요한 게 있으신가요?"

월동 천사가 물었고 나는 잠시 갈등했다. 기지 체류 인원들끼리 사용하는 인트라넷과 메신저 앱을 아직 스마트폰에 설치 못 해서였다. 안내문대로 애써봤지만 되지 않아 손을 놓은 상황이었다. 그 일까지 부탁해도 될까 망설이는 사이 월동 천사는 "뭔가 문제가 있으시군요" 하고 내 마음을 짚었다. 난처해하는 누군가의 표정을 끝까지 살필 줄 아는 세심함이라니 이 사람은 구원의 천사가 아닌가. 나는 스마트폰을 꺼냈다.

"아침에 일어나니 유빙이 많아서 놀랐어요."

"네, 날이 맑고 좋으면 빙벽이 더 잘 무너져요. 그리고 몇 시간 지나면 기지 앞으로 이렇게 와 있고요."

그는 지질과 지구 물리를 전공한 연구자였다.

"그런데 이상하게도 많은 유빙이 펭귄이나 새 모양이라는 거죠. 월동 대원들끼리 남극의 연구 주제라고 얘기해요."

그 말을 들으니 정말 얼음들은 신기하게도 S자 모양의 유선형 몸통을 한 오리나 부리가 뾰족한 펭귄처럼 보였다. 미지의 것을 익숙한 형태로 환원시켜 인지하는 인간들의 습관일지 모르겠다고 말하자 월동 천사는 그럴수도 있을 거예요 하고는 이전 월동대에게 들은 이야기를 전해주었다.

어느 바람이 심한 겨울날 눈발이 휘몰아치는 세종기지 선착장에 누군가 위태롭게 서 있었다고 한다. 하얗게 얼어붙은 맥스웰만을 바라보며 그는 기지를 등지고 있었다. 기지 대원들은 모두 실내에 있는데 대체 누가 저

렇게 아슬아슬하게 서 있을까. 위험하다 싶어 선착장으로 달려가니…… 그는 킹펭귄이었다.

현존하는 펭귄 가운데 두 번째로 큰 킹펭귄은 남대서양 사우스조지아섬에 무리를 이뤄 살아서 세종 기지에 나타날 일은 거의 없었다. 하지만 모든 생명체에게는 각자의 사정과 사연이 있을 터이므로 그 킹펭귄은 남위 62도 13분까지 내려왔고 세종 기지 선착장 위에서 '펭생'의 무게를 짊어진 지친 뒷모습을 기지 대원들에게 들켰다.

"기지에서 생활하다 어려운 일이 생기면 언제든 말씀하세요."

인트라넷 문제를 해결해준 그는 고마운 말을 남기며 어디론가 홀연히 사라졌다.

기지에 머문 지 일주일이 채 되지 않았는데도 나는 아주 '무거워지고' 있었다. 샤워실 체중계에 올라갈 때마다 매번 숫자가 달라졌다. 나는 글쓰기에 필요한 적정 체중을 정해놓고 그 이하로 내려가면 식사에 신경을 쓰는 편이었다. 그러나 여기서는 그럴 필요가 없었다. 생애 최고의 몸무게를 경신하고 있었으니까. 손맛이 좋은 우리 남극의 셰프는 대원들이 추위를 이겨낼 수 있도록 매번 넉넉한 열량의 음식을 공급했다. 닭갈비, 불고기, 돈가스, 치킨가스, 차슈덮밥, 삼겹살……. 주전공이 중화요리여서 특히 튀김이 환상적이었다. 그가 튀긴 돈가스와 라조기는 한국 유명 맛집보다 월등히 맛있었다.

쟁반에 각종 접시와 국그릇 등을 담고 줄을 서 있으면 주방에서는 대원 두 명이 정신없이 우리의 식사를 챙겼다. 메인 셰프 외에도 기지 체류 인원이 많은 하계 기간에는 보조 셰프가 함께 일했다. 셰프의 얼굴은 판다처럼 동글동글했고 체격이 다부졌으며 중화요리 전문가라는 말을 들어서 그런지 어딘가 고수의 무뚝뚝한 포스가 넘쳤다. 하지만 대화해보면 우리에게 '먹인' 음식보다 '못 먹인' 음식들을 안타까워하는 어머니의 마음을 가지고 있었다. 제빵 자격증을 따 오지 못해 빵을 제대로 못 먹이고 있다고 한탄하더니 기지 부엌에서 독학으로 빵을 구웠다. 그렇게 해서 우리는 솜털을 부풀려가는 아기 펭귄들처럼 더 촘촘히 체내에 지방을 축적했다.

"작가님 정말 잘 드시네요. 첫 만남에서는 거의 남기

셨는데······."

M에게 사실 나는 살기 위해 먹는 게 아니라 먹기 위해 사는 사람이라고 고백했다. M은 큰 키와 체격에 비해 많이 먹지 않았고 걱정되거나 초조하면 양이 더 줄었다. 각자의 연구 분야를 소개하는 세미나가 부담스러운지 저녁 식탁에서 한숨을 쉬었다. 내일로 잡힌 그 행사의 식생 팀 발표자는 당연히 M박사였다. 상사인 L박사에게 미룰 수는 없으니까.

"작가님은 왜 발표 안 하세요? 누구보다 사람들이 궁금해할 텐데."

스트레스가 가중되면서 그는 '물귀신'이 되기 시작했다.

"저는 여러분 얘기를 들으러 온 사람이지 제 얘기를 하러 온 사람이 아닙니다."

나 역시 발표는 부담스러웠으므로 선을 확실히 그었다.

"그리고 저는 이 이야기를 글로 남길 테니 제 생각은 그걸로 아실 수 있을 거예요."

벡터도 발표가 예정되어 있었는데 긴장하는 기색이

없었다. 워낙 많은 사람을 만나는 일을 해서인 듯했다. 노트북에는 그동안 만난 사람들에게서 받은 수십 개의 엠블럼들이 붙어 있고 놀랍게도 휴대전화에는 5000개가 넘는 전화번호가 저장되어 있다고 했다. 나는 나중에 벡터에게 내 이름이나 기억하겠느냐고 농담했다.

식당이 있는 1층 복도에는 그간 세종 기지를 지킨 월동 대원들의 단체 사진이 걸려 있었다. 그중에는 유니폼이 아니라 요리사 모자와 복장으로 셰프로서의 정체성을 뿌듯하게 드러내고 있는 조리대원 사진이 있었다. 그 사진이 마음에 들어 도서관을 드나들 때마다 멈춰 들여다봤다.

"언젠가 한 대원이 자기 생일에는 꼭 스테이크를 해달라고 졸라대더라고요. 농담인 줄 알았는데 너무 진지해서 셰프가 정말 스테이크를 만들어줬죠. 그날 정장을 차려입고 식당에 나타나서 음식을 먹더라고요. 셰프의 정성에 값하는 예의를 갖춰야 한다면서. 그러자 기지 식당 분위기가 순식간에 바뀌고 5성급 호텔 안 부러운 저녁이 되었어요."

장보고 기지에서 겪은 추억담을 누군가가 들려주

었다. 나는 마음이 카스텔라처럼 부드러워졌다. 며칠 되
지 않았지만 나도 공간과 사람들, 물리적 한계가 만들어
내는 밀도 높은 정다움과 애틋함을 느끼고 있었다. 누군
가 식당에 안 나타나면 궁금했고 밥 먹고 나서 누가 바로
일어서버리면 서운했다. 후식 커피를 마시지 않더라도
맹물이라도 가져와 함께 앉아 있어야 '완전한' 식사가 된
것 같았다.

　하루 일과를 보내고 각자 방으로 돌아오면 관측 나
간 틈틈이 서로를 찍은 '노동 사진'을 주고받았고, "작가
님, 사진 잘 찍으시네" 칭찬을 들으면 "그게 다 애정으로
찍어서 그렇답니다" 답했다. 왜 사람들이 남극에 오고,
한 번 온 사람들이 왜 다시 지원해 오는지 알 수 있었다.
펭귄과 빙하와 남극좀새풀과 해양 조류 같은 연구 때문
이기도 하겠지만 사람들과의 '생활' 때문이기도 하리라
는 것을.

　"우리 가위바위보를 하면 어떨까?"

　식사를 마치고 수다를 떠는 중에 홍 선생이 제안했
다. 부엌도 복잡하고 그릇도 많지 않으니 '몰아주기'를 하
자는 것이었다. 애벌 설거지가 그다지 귀찮지는 않았지

만 테이블에 앉아 있던 사람들 대부분 그러자고 했고 안드레아만 빠졌다.

"저는 그런 건 안 하기로 돌아가신 할머니와 약속했어요."

"그런 거요? 그런 거 뭐요?"

모두들 뭘 낼까 고민하고 있었는데 가위바위보를 하면서 생각이라는 걸 한 적 없는 나는 안드레아의 말에 더 관심이 갔다. 안드레아가 범상치 않다는 건 짐작하고 있었으니까. 그는 말없이 고독을 즐기는 타입이었지만 회식 때는 안주 없이 소주를 즐겼고, 관측소에서 거의 시간을 보냈으며, 세종 기지 마크가 그려져 있으되 우리 것과는 다른 오래된 유니폼을 입고 다녔다. 10년도 넘은 그 낡은 유니폼은 그가 처음으로 남극 땅을 밟았을 때의 것으로 누가 물어보니 "버릴 이유가 없으므로" 여전히 입고 남극을 찾는다고 했다.

"사행심이 깃든 거요. 도박이라든가……."

나는 안드레아의 거절이 안드레아답다고 생각했다.

"나는 항상 주먹만 내."

모두들 한 손을 내밀 준비를 하고 있을 때 홍 선생이

말했다. 그렇다면 다들 보자기를 내면 되는 것 아닌가. 왜 굳이 그런 정보를 흘리는가. 아, 그러면 오히려 가위를 내려는 속셈인가. 그렇게 복잡한 셈법을 하게 만드는 게 홍 선생의 계략이라는 걸 나중에야 알게 되었다. 매일같이 가위바위보에 져서 설거지 담당을 하고 나서야.

우리가 그러는 와중에도 남극의 셰프는 부엌을 정리하고 다음번 공급할 영양소에 대해 고민하고 있었다. 그 순간 기지의 모두가 서로 다른 종이 공생하는 지의류를 닮았다고 생각했다. 밥을 먹고 나면 필드로 나가 이 대륙에 관한 미미한 진실을 얻어 와야 하는 우리는 광합성을 담당하는 녹조류나 남조류에 가까웠고 그런 우리가 추위에 지지 않도록 에너지를 공급하는 셰프는 유기산과 화합물로 공동체의 방어선을 만드는 든든한 균류였다.

설거지를 마치고 연구동으로 돌아오다가 나는 마음속으로 어느덧 "언니"라고 부르게 된 카밀라 박사님에게 내 방의 벽시계 건전지를 갈아야겠다고 말했다. 며칠 전 어차피 한 달 있으면 떠날 테고 그 뒤로는 한동안 방을 쓰지 않을 테니 굳이 갈아야겠느냐고 했지만 생각이 달라졌다.

"드디어 결심하셨군요!"

카밀라 언니가 눈을 반짝였다. 건전지 얘기를 했을 뿐인데 어떤 활기가 전달된 듯했다. 언니는 나를 데리고 홍 선생에게 가서 건전지가 필요하다고 말했다. 홍 선생이 건전지까지 담당하나 의아했는데 이내 그는 수십 개의 건전지가 든 비닐을 꺼내 그중 두 개를 건네주었다. 건전지들은 모두 중고였다.

"벽시계면 이런 걸 넣어도 확실히 1년은 돌아갈 거예요. 내가 보장해요."

나는 그때서야 물자가 귀한 남극에서 과학자들은 어느 것 하나 허투루 버리지 않는 엄청난 자린고비로 지낸다는 사실을 알게 되었다. 실험 장치를 돌리다 남은 건전지도 모아 재활용한다는 것을.

나는 작가님이라 특별히 잔량이 많은 배터리를 주겠다며 홍 선생이 건넨 건전지를 받아 2층으로 올라가며 "여자 샤워실 시계도 제가 갈게요!" 하고 소리쳤다. "작가님, 멋져요!" 하고 카밀라 박사님이 답했고 뜨거운 윅을

열정적으로 흔드는 남극의 셰프처럼 열심히 달려간 나
는 발판을 딛고 멈춰 있는 벽시계들에 밥을 주었다.

대기의 강

# 언니네 '공기밭'

화요일 아침 아무도 내려와 있지 않은 자연과학 실험 연구실인 웨트랩으로 들어가 설비들을 살펴보았다. 정보를 캐내려는 스파이처럼 조심스럽게. 누군가의 책상을 살펴보는 건 조금 황송한 일이니까. 과학자들이라면 일상적으로 사용할 기구 하나하나가 얼마나 의미심장하게 다가오는지 잘 씻어 엎어놓은 삼각플라스크들만 하더라도 수십 장의 글을 쓸 수 있을 것 같았다(물론 의욕만이지만). 전극이 흐르는 센서에 붙들린, 어제 팀원들과 함께 채취한 낫깃털이끼와 솔이끼를 지켜보다가 뒤돌았더니 알 수 없는 생물들이 가득한 플라스틱 채집통이 보였다. 펭귄과 스쿠아, 지의류 등만 만나온 내 눈에 포착된 또 다른 남극 존재였다.

"선생님, 이건 뭘까요? 사진 찍어도 될까요?"

마침 카밀라 언니가 실험실에 들어왔다. 언니는 가장 늦게까지 연구실을 지키고 가장 일찍 일어나 실험 구역으로 떠나는 과학자였다. 내 힘으로도 가뿐히 들 것처럼 여린 체구이지만 언제나 눈빛이 반짝였고 머릿속이 바쁘게 움직이는 것이 느껴졌다. 사람들을 잘 챙겼고 다정했으며 얼굴이 말갰다. 맞는 표현일지 모르겠으나 언니의 전공 분야인 대기, 그러니까 공기를 닮았다.

종일 바깥에 나가 있는 언니가 돌아오면 사람들은 '밭'에 잘 다녀왔느냐고 묻곤 했다. 그래서 처음에는 연구 과제가 정말 작물인 줄 알았다. 하지만 그 밭은 언니가 머물며 토양에서 대기로 방출되는 이산화탄소 변화를 관측하는 장소였다. 고층대기관측동 옆이었고 언니가 관측하고 있으면 매일 찾아와 구경(?)하는 스쿠아도 있다고 했다. 하도 만나니 안 나타나면 슬며시 궁금해진다고.

"아, 거기는 생물 팀 안의 책상이에요. 저분!"

복도를 걸어오는 안에게 다가가 책상 사진을 써도

될지 묻자 그는 쑥스러워하며 "그냥 바다에 보여서 채집해둔 건데, 쓰셔도 돼요" 했다. 일주일 동안 한 번도 대화를 나눠보지 못한 것으로 보아 그도 나처럼 수줍음이 많은 듯했다. 언제 또 과학자의 책상을 구경할까 싶어 부지런히 기록으로 남긴 다음 식당으로 내려가 잡채밥을 맛있게 먹고 아시안컵 경기를 봤다. 경기는 잘 풀리지 않았고 결정적인 순간마다 식당 모니터에도 버퍼링이 발생했다.

"2002년 같으면 '이역만리 남극에서도 국가대표 팀을 응원하고 있습니다' 하고 뉴스에 나왔을 텐데."

월동 대원 중 하나가 아쉬워하자 그 시절을 기억하는 사람들이 함께 웃었다. 우리가 여기 있다는 사실을 알고 있습니까? 팔을 흔들어 한국에 수신호를 보내고 싶은 마음이었다. 우리가 끝까지 응원했다고요 하고.


오후에는 드디어 모두가 부담스러워하는 세미나가 열렸다. 연구대를 통솔하는 수석 연구원의 강력한 의지 아래 개최된 이 세미나의 주제는 한마디로 '나는 왜 남극에 왔는가'였다. 연구동 2층 휴게실에 의자가 둥글게 놓이고 과자와 음료수가 잔뜩 쌓였다. 편하게 바닥 자리에 앉는 사람이 많았다. 나는 경청이 주 임무이므로 맨 앞에 앉았고 발표자가 부담스러워할 수 있겠지만 태블릿 피시로 사진을 찍어댔다.

사실 과학자들도 자기 영역 외에는 잘 모르기에, 그리고 그들은 '왜?'라는 의문을 품으면 홀린 듯 빠져들어가는 사람들이었으므로 분위기는 금세 진지해졌다. 첫 주자인 기상청장의 발표부터 놀라웠다. 때로 기상청에서는 지금의 예보가 지역 경제 활성화에 어떤 영향을 줄 것인가 고민하며 예보문을 작성한다고 밝혔기 때문이다. 예를 들어 휴가철 약하게 비가 올 가능성이 있을 때 강수의 양을 어떻게 표현해야 사람들이 휴가를 취소하지 않을까 하는 고민이었다. 말 한마디에 동선이 달라지니까.

기지에서도 다르지 않았다. 기상청장의 예보는 우리의 하루를 결정하는, 나아가 우리의 안전을 좌우하는 정보였다. 안광이 빛나고 수염을 길러 어딘가 신비로운 모습을 한 기상청장은 하루 네 번 정규 기상 관측을 한 다음 아침과 저녁에 인트라넷을 통해 기상예보를 전송했다. 그리고 수시로 빙산, 유빙의 위치, 구름의 종류 등을 쌍안경으로 관측하며 날씨 변화를 주시했다. 기상청 업무가 낮과 밤이 뒤집혀 있고 야간 근무 강도가 높아 돌연사 확률도 높다는 얘기에는 숙연해졌다.

"구라청, 오보청 하시는 거 잘 알고 있습니다. 그래서 극지에서는 좀 더 노력하고 있어요. 맑은 날의 가치는 여기서 더 중요하니까요."

하기는 날씨 예측이란 미래를 점치는 일이나 다름없지 않나. 옛날 같으면 신내림 받은 무당이나 도력 높은 도사들이나 맡았을 일이다. 우리가 아무리 슈퍼컴퓨터의 예측 모델에 기대를 걸어도 지금 기술로는 3일 이후의 날씨를 정확히 맞히는 건 세계 어느 나라도 불가능하다고 하니 일진 나쁜 오늘을 기상청 탓으로 돌리는 일은 그만해야지 싶었다.

이내 여러 분야를 지나 실험실에서 만났던 연구원 안이 등장했다. 제목부터가 시선을 끌었는데 '새우 아니죠, 옆새우입니다!'였다. 옆새우Gammarus는 단각목에 속하는 절지동물로 1만여 종에 이르고 남극 바다에도 살고 있었다. 물고기 아가미에 달라붙어 먹이를 얻기도 하고 죽은 해양 동물도 분해하며 조류 같은 해양 식물과 공생하기도 한다. 해안 바닥에 사는 생물 가운데 가장 개체 수가 많지만 밝혀진 사실은 많지 않단다. 서식 환경과 생활 양식이 알려진 종도 소수이고 유전 정보도 거의 전무한 바닥 생물계의 '유니콘'이었다.

"일단 옆새우를 채집하면 스케치하면서 모양을 정확히 살피는데요. 저는 그렇게 옆새우를 그리는 게 좋아서 연구까지 하게 됐어요. 똑같아 보여도 자세히 보면 다 다른 종이고 수심 25미터 표본에서 직접 새로운 종을 발견하기도 했거든요."

미보고 종을 처음으로 발견한다는 건 어떤 느낌일까? 이야기를 들으면서 궁금했다. 창조에 가까운 일 같으니까. 옆새우에 대한 분류학적 연구가 시급한 건 옆새우 또한 기후변화로 멸종 위기에 놓여 있기 때문이었다. 하루빨리 알아차리지 않으면 아예 없었던 존재가 된다는 말에 안타까웠다. 남극에 있는 동안 안을 통해 옆새우 세계에 발 좀 담가봐야지 다짐했다.

원래는 하루에 끝내기로 했지만 세미나 분위기가 워낙 뜨거워 다음 날까지 이어가기로 하고 세종회관으로 향했다. 오늘은 회식 날이었다. 세종 기지에서는 화요

일과 목요일에 음주가 가능한 회식이 열리는데 은근히 기다려지는 날이기도 했다. 첫 회식 때 낯설어서 "저는 술은 한 잔도 못 마십니다" 했던 나는 문득 술이 당겼다. 셰프가 내놓은 골뱅이소면이 너무 맛있어서였는지도 모른다.

기지에서 알코올은 철저히 제한됐다. 음주할 수 있는 날과 시간, 양 모두 정해져 있었다. 창고 열쇠를 쥔 총무는 절대 타협하지 않는 사람이었다.

맥주를 마시다 보니 누군가 선물로 가져온 양주가 등장했고 다른 모든 술처럼 저마다 똑같은 양이 배급되었다.

"작가님, 이 잔은 꼭 드셔야 해요. 꽤 유명한 양주거든요."

L박사가 큰 눈을 반짝이며 진지하게 말했다. 맥주 이외의 술은 즐기지 않지만 그 말에 잔을 들었고, 이내 나는 수백 년 된 위스키 오크 통 안에 들어간 듯한 황홀감에 빠졌다. 이 기회를 놓치지 않게 해준 L박사에게 고마울 정도였다. 술이 오른 나는 기지에 와 있는 다국적 연구 팀에게 다가갔다. 아침마다 커다란 풍선을 띄워 대

기를 관측하는 그 팀은 세 명의 과학자로 이루어져 있었다. 내가 자리에 앉자 샘 해밍턴처럼 푸근한 인상의 클라우디우가 이름이 정확히 뭐냐고 물었다.

"김금희야."

"그럼 너는 스퀘어야?"

스퀘어? 지금 내 얼굴형이 각이 졌다는 건가, 괜히 찔려 무슨 의미냐고 묻자 클라우디우는 수첩을 꺼내 자기 이름인 Claudio 밑에 "구름"이라고 썼다. 그리고 '르' 아래에 동그라미를 쳤다. 한글 공부 중인 클라우디우는 내 이름의 자모가 미음이냐고 물은 것이었다. 나는 그렇다고 알려주고는 클라우디우에게 정말 멋진 이름이라고 감탄을 보냈다. 대기과학자 이름이 '구름'이라니 이건 소설가 이름이 '소설' 혹은 '명작'인 것과 같지 않은가. 클라우디우의 부모님은 아이의 장래를 어떻게 내다보고 이런 근사한 이름을 지었을까?

"나 사실 네 책상 위의 펭귄 인형을 봤어."

나는 아주 귀엽더라며 칭찬했다.

"아, 그는 내 친구야. 모든 여행에 함께 다녀. 사람들한테 들으니 너는 매우 매우 매우 유명한 소설가라지?"

"아니, 절대 그렇지 않아."

나는 손까지 내저었다.

"한국의 조앤 롤링 아니야?"

내 소설에는 해리 포터도 덤블도어도 나오지 않지만 '구름 씨'는 대화하면 할수록 빠져들 수밖에 없는 사람이었다. 맑은 날 뭉게뭉게 차오른 구름의 이동에서 눈을 뗄 수 없듯이 그 밤 우리의 대화가 길어졌다.

# 비닐 금지

_____

  남극 체류로 인한 신체적 부작용(?)이 나타나기 시작했다. 건조증이었다. 가려워서 긁다 보니 상처가 깊어졌고 연고와 보습제를 발라도 낫지 않았다. 고민하던 나는 잘 씻지 않는 것을 택했다. 벡터는 일과가 끝나는 밤이면 운동을 하고 샤워까지 마친 촉촉한 머릿결로 휴게실에 나타났지만 나는 세수를 하고 발바닥을 물에 적시는 정도로 청결도를 유지했다. 또 하나 불편한 건 숙소의 추위였다. 바다를 향해 난 내 방은 위버반도의 빙벽을 조망하는, 가치로 보면 5성급 호텔 스위트룸 전망이었고 그래서 추웠다. 아무리 단열에 강한 창도 밤을 맞은 남극해의 찬 기운을 막아주지는 못했다.

맞은편 방 사람들은 밤에도 춥지 않고 심지어 M은 반팔을 입고 잔다고 했다. 하지만 나는 플리스 집업을 입은 채 잠이 들었고 어느 밤에는 화장실을 다녀오다가 으스스한 한기에 놀라 딸꾹질을 했다. 그래도 오기 전에 한 걱정이 무색하게 건강했다. 전날 아무리 피곤해도 일어나면 피로가 풀려 있었고 많이 걸어서인지 몸도 가벼웠다.

수요일 아침 상쾌하게 일어나 연구동 휴게실로 나갔다가 깜짝 놀랐다. 화이트보드에 "일부러 그러는 거죠?" 하는 뾰족한 말이 적혔다. 비닐과 플라스틱을 분리해서 버리라며 "비닐 금지, No Vinyl!!"이라고 써놓아도 누군가의 투기 행위가 멈추지 않았던 것이다. 그 문장을 발견한 사람들 모두 조용하게 술렁였다.

"혹시 외국인 과학자들이 몰라서 그러는 것 아닐까요?"

내가 소곤소곤 말하자 카밀라 언니는 "글쎄……" 하고 말을 흐렸다. 하기는 영어로도 쓰여 있으니까. 화이트보드 앞을 지날 때마다 나는 우리 중 누군가가 분을 참지 못해 씩씩대고 있다는 사실을 의식할 수밖에 없었다. 사람들 모이는 곳이 으레 그렇듯 남극에서도 선의와 우정, 친절 외에 크고 작은 긴장과 불쾌감이 지나가곤 했다. 격무에 시달리던 L박사가 "해야 할 작업도 많고 작가님 적응도 도와야 하고……" 푸념했을 때 나 역시 나도 모르게 "아, 이제부터 저 독립하겠습니다. 신경 쓰지 않으셔도 돼요" 하고 정색하게 됐다.

"작가님은 이미 잘하고 계세요. 독립해도 될 만큼요."

잠시 일었던 긴장은 L박사의 말에 누그러졌고 우리는 다시 본업으로 돌아가 회의를 마쳤다.

하루 뒤인 7일은 우리 팀의 디데이였다. 해표 마을 근처인 KGL1까지 관측을 나가기 때문이었다. 남극 식물들이 어떤 분포로 살고 있는지, 광합성은 잘하는지, 건강은 어떤지 등을 드론에 장착한 초분광 센서를 통해 알아보는 작업이었다. 도시락을 챙겨 종일 기지 밖에 머무는 일이라 기대와 걱정을 동시에 하고 있었다. 걱정은 다른 게 아니라 화장실이었다. 나는 그날 커피는 물론 물도 먹지 않기로 다짐했다. 자연 화장실을 사용하는 게 뭐 그리 어려운 일은 아니지만 그런 기억을 얻는 게 또 뭐 그리 특별한 무용담도 아니었으므로 가능하면 피하고 싶었다.

오전에는 우주환경과학관 옆 미니팜MINI-PAM 설치를 도왔다. 앞으로 4주 동안 십오 분 간격으로 이끼들의 광합성량을 관측해줄 장치였다. 다들 배낭을 챙겨 모였다. 혼자 가볍게 가는 게 민망해 L박사에게 해머를 달라고 하자 "그러세요" 하는 쿨한 반응과 함께 묵직한 무게가 옮겨 왔다. 생각보다 무거웠지만 도로 물릴 수는 없었다. 다들 피로가 쌓여가는 게 눈에 보였으니까.

M은 들어온 지 일주일이 넘었건만 펭귄 마을에도 못 가본 신세였다. 사람들에게 "펭귄 귀엽던가요?" 하고 씁쓸하게 물었다. 여기가 남극인데 말이다.

언젠가 국적을 밝힐 수 없는 유명 인사가 기지를 방문한 적이 있다고 한다. 너무 지위가 높은 사람이라 남극이라는 특수한 환경에서도 그에 대한 경호와 의전은 달라지지 않았는데 문제는 그가 너무 바빠 몇 시간밖에 머물 수 없다는 데 있었다.

그는 킹조지섬에 도착할 때부터 펭귄을 찾기 시작해 기지에서 이런저런 행사들을 몰아치기식으로 마친 뒤 펭귄 마을로 곧장 출발했다. 제아무리 유명 인사라도 누가 업고 가지 않는 한 자기 발로 자갈길을 한 시간은 걸어야 하는 길, 그렇게 펭귄을 향한 열망으로 측근들의 보호를 받으며 행진하던 그는 'ASPA 171'이라는 표지판과 몇 마리의 귀여운 펭귄들이 보이자 그 앞에서 사진을 찍고는 정작 그 안으로 발도 들여놓지 않은 채 돌아섰다고 한다.

그런데 며칠 지나지 않아 또 다른 국적의 고위 인사가 기지를 방문했고 도착하자마자 다급한 목소리로 펭귄은 어디 있느냐고 물었다고 한다. 그 경험담을 들려준 박사는 머리카락을 쥐어뜯으며 "대체 펭귄이 뭐길래!" 하고 소리쳤다. 우리는 깔깔깔깔 웃으며 세종 기지에서 펭귄 좀 사육해야 하는 거 아니냐고 농담했다. 물론 그렇게 펭귄들을 데려올 생각도 힘도 권리도 없지만.

관측 장소에 도착해 귀가 떨어질 듯 차가운 남극풍을 맞으며 물음표처럼 생긴 쇠말뚝을 해머로 박고 관측 장비를 설치했다. 내가 하는 일은 단순노동에서 조금 더 나아가 미니팜 화면의 파값을 읽는 것으로 바뀌었다. 내가 숫자를 부르면 L과 M이 어느 식물에 센서를 설치할

대기의 강

지 결정했다. 몇 시간의 작업이 끝나고 발갛게 언 얼굴로 돌아가는데 해안가에 흰 유빙들이 몰려와 있었다.

"우리 사진 찍어요!"

내가 다들 서보라고 시켰다.

"저는 사진 찍는 거 싫어해요."

피로 때문인지 은은한 슬픔을 얼굴에 담은 M이 답했다.

"아, 찍어. 안 그래도 왜 이렇게 사진에 펭귄이 없냐고 지인들이 그런다며!"

나는 그 순간만은 등짝을 찰싹 때리는 이모의 심정이 되어 M을 유빙 쪽으로 몰았다. 셔터를 누를 때만은 M도 환하게 웃었다. 돌아와 조금 쉬다가 저녁을 먹으러 갔는데 기상청장이 달려와 창문을 가리켰다.

"저게 뭐죠?"

한 번도 본 적 없는 모양의 대형 구름이 떠 있어 모두 우르르 몰려와 사진을 찍었다.

"렌즈운입니다. 아주 드물게 관측되는 구름인데 남극에는 이따금 나타나요!"

우리는 창가에 서서 남극 하늘에 떠 있는 거대한 아

이스크림 같은, 혹은 흰 우주선 같은 구름을 한동안 바라보았다. 아이들처럼 다들 들떴다.

밤에는 어제 다 못 한 세미나가 다시 열렸다. 준비 때문에 차례를 미룬 다국적 팀의 과학자 에이레네는 정성 들인 시각 자료를 통해 세종 기지에서 실시하고 있는 연구에 대해 설명해주었다. 에이레네의 목표는 아열대 지방부터 남극까지 이어진 '대기의 강Atmospheric River'에서 무슨 일이 일어나는지를 측정하는 것이었다. 나는 대기의 강이라는 말 자체에 매혹되어 눈을 동그랗게 떴다.

중위도 지역에서 주로 형성되는 대기의 강은 수분과 열을 품은 채 수천 킬로미터 길이로 흐르지만 그 폭은 수백 킬로미터에 불과한 좁고 긴 형태였다. '강'이라는 이름에 걸맞게 어마어마한 양의 수분을 이동시켜 지구 기후 시스템을 좌우하는데 최근 온난화로 인한 기후변화 문제가 심각해지면서 많은 과학자가 이 현상에 주목하고 있었다.

그런 연구의 가장 기초가 라디오존데Radiosonde라고 하는 대형 기상관측 풍선을 띄워 대기 상황을 매일 살피는 것이었다. 대기의 강은 지구의 물순환을 일으키는 중요한 존재이지만 남극에 극도로 따뜻한 날씨를 몰고 와 빙붕을 약화시킬 위험이 있었다. 마치 화가 난 여신처럼 거칠게 모든 것을 앗아 갈 수도 있다.

그제야 나는 다국적 팀이 비가 오나 눈이 오나 아침마다 고층대기관측동으로 출근하는 이유를 알게 되었다. 드라이랩에서 작업을 하고 있으면 눈과 비에 완전히 젖어 두 뺨과 코끝이 발갛게 된 채 "흐, 하, 후, 이런, 제길" 하며 꽁꽁 얼어 뛰어 들어오는 이유를.

발표를 함께한 또 다른 과학자 클라우디우는 '한글 러버'답게 한글을 병기한 PPT 자료를 준비했다. 어제 회식 자리에서 클라우디우가 수첩을 가지고 와 사인을 받아 간 기억이 났다. 그때도 당연히 한글로 몇 자 적어달라고 졸랐다. 나는 약간 장난기가 돌아 사인과 덕담 뒤에 "헬륨 가스는 조금만!" 하고 적었다. 풍선용 헬륨 가스를 마시고 마치 외계인처럼 변한 목소리로 장난친다는 말을 들었기 때문이다.

구름 씨는 자기 이름에 걸맞게 남극의 구름을 세심하게 관측했다. 라디오존데에 센서를 달아 남극 구름에 포함된 '과냉각 물방울'을 측정하는데 영하의 온도에서도 얼어붙지 않고 물방울이 과냉각된 채로 존재하는 건 얼음핵ice nucleus의 양이 적어서였다. 하지만 영하 40도 이하에서는 얼음핵 없이도 자연적으로 얼음이 형성된다고 했다. 구름이 얼어붙을 수 있다니 한 번도 생각해본 적 없는 일이었다.

세미나 마지막쯤에는 벡터가 발표자로 나섰다. 벡터는 과학 분야에서 신사업 아이템을 찾아 창업을 돕고 투자자를 연결하는 일을 하고 있었다. 생각보다 많은 기관에서 연구 과제를 기초로 창업을 유도했다. 벡터는 극지 연구자들도 연구를 '산업적'으로 이용하는 데 관심을 가졌으면 좋겠다고 했다.

다른 기관보다 창업률이 낮다는 분석 결과는 적어도 내게는 미덥게 느껴졌다. 구름 결정 하나하나, 낫깃털이끼의 포자 하나하나, 체임버에 포집된 이산화탄소 하나하나가 다른 어떤 것보다 중요한 세계가 있는 법이니까. 그렇다고 벡터와 같은 지향을 가진 사람들에게 마냥 반대하는 것은 아니었다. 노동, 일자리와 연결된 문제이기 때문이다.

# 황금빛 이끼 숲

---

    다음 날 아침 우리는 계획한 대로 재빠르게 짐을 쌌다. 셰프가 만들어준 도시락과 더불어 컵라면을 준비하고 온수는 정수기에서 받아 전기 포트로 한 번 더 끓여 보온병에 넣었다. 7개의 봉지에 컵라면과 분말 커피, 이온 음료, 간식 등을 분배했는데 한국 면세점에서 사 온 내 초콜릿바가 드디어 사람들에게 돌아가는 순간이었다.

    준비를 다 하고 구명복까지 갈아입고 선착장에 모인 것이 8시 30분, 무거운 관측 장비들은 크레인으로 조디악에 실었다. 하지만 해표 마을에 도착하면 결국 우리가 직접 들어야 할 짐들이었다. 날은 흐렸고 파도도 높은 편이었다. 두 다리로 힘을 꽉 주었지만 놀이기구를 탄 것처럼 쿵쿵 몸이 보트에 부딪혔다. 혹시 고래를 볼 수 있을까? 대원들 모두 기대했지만 나타나지 않았고 이십 분쯤 달려 목적지에 무사히 도착했다.

해안가에서 구명복을 벗고 파도에 휩쓸려 가지 않게 지대가 높은 곳에 돌을 얹어두었다. 그리고 기념사진을 찍었다. 이때만 해도 우리에게 힘이라는 게 남아 있었다. 수십 킬로그램의 등짐을 지고 얼마나 오래 걸어야 하는지 누구도 자세히 얘기해주지 않았으니까. 다만 이 모든 험로를 예상하고 있는 L박사만이 약간의 긴장감으로 상황을 살폈다.

첫 목적지는 혜표 마을 대피소였다. 나는 말로만 듣던 대피소를 직접 보게 된다는 데 기대를 품었다. 교육받을 때 혹시라도 낙오하면 얼마간의 음식과 식수가 상비된 대피소에서 대기하라고 배웠기 때문이다. 이십 분쯤 걸리는 거리였지만 가는 길은 생각보다 험했다. 중간에 얼음이 녹아 꽤 빠른 유속으로 흘러가는 하천을 만나기도 했다. 대체 얼마나 많은 얼음이 어디에서 녹아 이 정도의 물길을 만드는지 믿을 수가 없었다. 드론 작업을 담당하는 원격탐사 팀 이외에 다른 대원들도 조력자로 함께했지만 촬영 장비는 너무 무거웠다. 가장 무거운 건 드론 자체가 아니라 드론을 보호하기 위한 케이스라고 했다.

"저⋯⋯ 케이스 빼고 드론만 가져올 수는 없었나요?"

크기는 작지만 내게는 꽤 무거운 짐을 들고 가며 나는 물었다.

"작가님, 장비 가격이⋯⋯ 그럴 수 없는 가격입니다."

Y대원이 답했다. 나는 얼마인지 다시 물었고 가격을 듣고는 조용히 입을 다물었다.

드디어 도착한 해표 마을 대피소는 마치 스머프 마을의 버섯 집처럼 귀엽고 앙증맞은 인상이었다. 아주 튼튼하게 제대로 지은 듯 보였다. 바람에 날아가지 않게 로프가 단단히 붙들고 내부 천장과 벽은 달걀판처럼 생긴 단열재로 시공되었다. 또 야영에 필요한 거의 모든 것을 구비하고 있었다. 테이블, 의자, 담요, 초코바(!), 초코파이, 구급상자, 생수, 휴지와 버너, 부탄가스, 삽, 간이침대⋯⋯. 이런 비품 역시 기지에서 조디악을 타고 누군가의 손에 들려 여기까지 왔을 것이다.

대피소를 둘러보고 나가니 해표 마을이라는 이름답게 해표들이 여기저기 누워 우리를 응시했다. 서로 붙어 있는 걸 좋아하는지 한데 엉켰는데 놀랍게도 같은 종들이 아니었다.

"쟤는 코끼리해표, 흰색 쟤가 웨델(웨들)이에요."

L박사가 설명해주었다.

코끼리해표는 덩치가 커서인지 하품이나 하며 무신경했지만 웨들해표는 근심스러운 할아버지 같은 표정으로 우리를 바라보았다. 눈썹과 턱 부근이 은빛 털이라 더 그렇게 느껴졌을지도 몰랐다.

우리는 다시 짐을 들고 유독 평화로워 보이는 펭귄과 물개와 해표를 지나 앞으로 앞으로 나아갔다. 나중에는 헉헉거리는 숨소리 이외에 대화도 오가지 않았다. 이윽고 얕은 산등성이가 나오고 우리는 마지막 힘을 짜내어 그곳을 넘었다. 눈 덮인 산비탈과 함께 작고 고요한 호수와 황금빛 이끼 숲이 나타났다.

우리는 일단 이끼 숲에서 대기하며 원격탐사 팀의 드론 세팅을 기다렸다. 그 짧은 틈을 타 L박사는 우리를 낫깃털이끼 언덕으로 데려가 바늘보다도 더 가는 포자의 존재를 알려주었다. 각자 구역을 정해 몇 개의 포자가 발견되는지를 세어보자고 제안했다. 곧 일을 하자는 거였다.

지의류의 아버지 홍 선생은 남극 식물에는 서서 볼수 있는 것이 있고 허리를 숙여야 보이는 것이 있고 무릎을 꿇어야 보이는 것이 있다고 했다. 매직아이처럼 혼돈의 입체성을 띠는 낫깃털이끼들 위로 엎드린 채 나는 실금 같은 포자를 찾기 시작했다. 처음에 "잘 안 보여요!" 하며 툴툴거리던 M과 나는 이내 "여기 있네!" 소리쳤고 나중에는 은근히 경쟁이 붙었다. 물론 결과적으로 M이 나보다 더 많은 포자를 찾았다.

"여기 진흙이 있네요."

"작가님, 그건 진흙이 아니라 낫깃털이끼들이 한자리에서 생장과 휴면을 거듭하며 만들어낸 피트층이에요."

낫깃털이끼는 죽은 자기 몸을 배양분으로 삼아 자라고, 성장한 새로운 몸체는 이후 또 다른 줄기를 위한 기반이 된다. 그렇게 가장 기초적인 생태를 만들어가는 이끼는 남극에서 가장 흔하고 미미한 존재이지만 한편으로는 무릎을 꿇고 영접해야 마땅한 존재이기도 했다. 이끼가 없다면 남극이라는 세계 자체가 존재할 수 없기 때문이다.

　드론이 뜨기를 기다리는 동안 날씨가 점점 흐려지더니 눈발이 날리기 시작했다. 공기는 차가워졌고 여름에만 일시적으로 생겨나는 고요한 호수로 눈송이가 내렸다. 남극의 차가운 공기가 얼음 조각이 되어 제 몸을 드러내는 순간이었다. 촬영이 어려워 보였다. 긴급회의가 열렸고 일단 날씨가 괜찮아질 때까지 식사를 하며 대기하기로 결정했다. 힘들게 온 거리를 되돌아갔다. 원격탐사 팀은 계속 현장에 남아 있겠다고 했다.

　우리는 무거운 마음으로 대피소에 도착해 점심 식사를 펼쳐놓았다. 셰프가 준비해준 불고기 도시락과 언 몸을 녹일 컵라면이었다. 나는 애지중지하던 초코바를 모두에게 돌렸고 그게 왜 그렇게 중요한지 모르겠지만 또다시 한국 면세점에서 사 온 것이라고 강조했다. 일행 중 한 명이 "한국에서 와서 맛있네요" 하고 동의해주었다. 정작 개수가 모자라 나는 그 맛을 보지 못했어도 다 나누어 주고 나니 비로소 할 일을 마친 것처럼 해방감(?)

이 들었다.

도시락과 컵라면을 단숨에 해치우고 부랴부랴 현장으로 돌아갔을 때 '옆방의 잘생긴 선생님'이 흐뭇한 미소를 지으며 물개 한 마리와 대화를 나누고 있었다. 물개는 앞지느러미를 짚고 일어나 머리통을 갸웃대며 갑자기 왜 마을이 시끄러워졌는지를 묻는 것 같았다.

"이 녀석 아직 애기예요, 애기."

이 녀석이라고 소개받은 물개는 확실히 얼굴선이 연하고 사람을 두려워하지 않는 것이 앳된 티가 났지만 가까이 가기에는 약간 꺼려질 만큼 육중한 몸이었다. '옆잘님'은 계속 물개와 대화하면서 남극 생활이 어떤지, 뭐가 부족해서 아까부터 히잉히잉 소리를 내고 있는지를 다정하게 물었다. 물개와 깊이 교감하는 드루이드처럼.

우리의 바람과 달리 눈발은 더 심해졌고 군데군데 음영만 다른 회색빛 세상이던 해표 마을에는 눈송이들의 반짝임이 두드러졌다. 촬영을 못 하게 되나 불안했지만 정작 다른 사람들은 느긋해 보였다. 날씨가 허락하지 않으면 남극에서는 어떤 것도 가능하지 않다. 그 조용한 순응을 다들 잘 아는 듯했다. 그때 '옆잘님'이 나를 불러

절벽 아래에 펼쳐진 해표 마을 풍경을 보여주었다.

해안가로 밀려온 미역, 김 같은 각종 해조류와 터진 멍게를 레드 카펫 삼아 해표들은 평화로운 오후를 보내고 있었다. 몸을 바짝 붙여 강아지들이 체온을 나누듯 서로 기댄 채 한잠 중이었다. 누워 있는 무리는 두 마리부터 여덟 마리까지 다양했고 눈처럼 흰 것과 얼룩무늬를 지닌 것, 등만 검고 배 부분은 누런 것 등 생김새도 달랐다. 마치 사람처럼.

정작 나는 추위 덜덜 떨고 있었지만 마음은 녹듯이 포근해졌다. 일면 슬퍼지기도 했는데 너무 순정한 것, 아름다운 것, 들끓는 자아 따위와는 무관한 자연 자체의 풍경과 맞닥뜨릴 때 느끼는 기이한 상실감 같은 것이었다. 남극이 좋아지면 좋아질수록 나는 실제 내 삶은 이곳과 얼마나 다른가를 동시에 감각했다. 적어도 지금의 내게는 남극이 인간이 인간처럼 살 수 있고 해표가 해표처럼 살 수 있는 지구상에서 가장 안정적인 공간이었다.

촬영은 불가능할 듯했지만 혹시 몰라 L과 M, 그리고 원격탐사 팀은 계속 대기하고 나머지는 대피소로 돌아왔다. 언 몸을 녹이려고 차를 마시는 중에 한 대원이

"그런데 여미는 왜 죽은 거예요?" 하고 물었다. 그는 기지에 작가가 온다는 말에 인터넷으로 나를 검색했고 등단작을 읽어보았다고 했다.

여미는 15년 전 내 등단작의 인물로 스스로 세상을 떠나는 선택을 한다. 그 작품을 쓴 서른 살은 이십대의 연장선에 있던 시절이었고 돌아가고 싶지 않을 만큼 하루하루가 혼란스러웠다. 무엇보다 사는 동력을 스스로 내는 것이 너무 어려웠다. 대학을 졸업하고 80대 1의 경쟁률을 뚫고 취직을 하고 한 달 월급의 반 이상을 저축하며 살았지만 심한 우울감과 매번 싸우곤 했다. 전철역에서 무너지듯 울면서 도저히 회사를 향해 한 걸음도 걸을 수 없을 것 같은, 지금은 해리 상태라고 진단할 수 있는 감정적 위기도 맞닥뜨렸다.

"이십대가 많이 힘든 시절이잖아요. 요즘은 자살률이 더 높아졌고요. 그런 막막한 이십대를 떠올리며 썼던 것 같아요."

"그건 말이 안 되는 소리예요."

대피소 일행 중 한 명이 갑자기 목소리를 높였다. 나는 약간 당황했다.

"매스컴에서 떠들어 과거에는 모르던 일들이 알려져서 그렇지 요즘만 유독 힘든 게 어딨어요?"

모두가 자기 틀 안에서 세상을 본다. 내가 보는 세상, 상처받고 분노를 품고 자기 삶에 대한 회의에 사로잡히는 세상도 그의 말처럼 일부에 불과할지 모른다. 세상은 통계로 재단할 수 없고 각자가 더 중요하다고 믿는 부분을 향해 자기 할 일을 할 뿐이다. 울어본 적이 있는 나로서는 울고 있는 사람들에게 귀를 기울이게 되고, 전날 너무 과음을 해 몸이 힘들 때 빼고는 한 번도 죽음을 생각해본 적 없다고 말을 이어가는 그 일행은 그런 세상 속에서 자기 역할을 한다.

"참 자기 개성이 있으시네."

일행이 대피소 밖으로 나가고 나서 월동 대원은 머쓱하게 웃었다. "요즘 젊은이들에 대해 좀 아쉬운 점이 있으신가 봐요" 하고 나도 대화를 마쳤다. 그는 나를 향해 화를 내는 것 같지는 않았다. 그랬다면 나 역시 마음이 상했을 것이다. 그는 엄연한 사실을 차마 믿고 싶지 않은 것 아닐까. 경험상 대개 그런 마음들은 자기 보호를 위한 것이었다.

애석하게도 우리의 시도는 촬영 불가로 결론 나고 다시 무거운 짐을 들고 언덕과 물길과 물개와 펭귄 곁을 지났다. 걷는 도중에 만난 해표 식구들은 평화를 깨는 우리를 물끄러미 바라봤다. 슬금슬금 도망가는 개체가 있는가 하면 몸을 일으켜 도전적으로 바라보는 개체도 있었다. 지금 마을에 남아 있는 해표들은 모두 암컷이라고 했다.

드디어 바닷가에 도착한 우리는 구명복을 겨우 찾아 입고 해변에 하나둘 쓰러졌다. 구명복은 찬 공기를 차단해 금세 요긴한 침낭으로 변신할 수 있었다.

"이런 건 정말 기록으로 남겨둬야겠어요."

내가 카메라를 가져다 댔는데도 완전히 지친 M과 L은 미동조차 하지 않았다.

# 해피 뉴 이어

남극에서 설 연휴가 시작되었다. 물론 말만 연휴일 뿐 남극의 일정은 그대로 돌아갔다. 그래도 9일 저녁에는 새해맞이와 생일자를 축하하는 바비큐 파티가 열리고 10일에는 윷놀이 대회도 예정되어 있었다. 참가자를 모집해 팀이 만들어졌다. 월동 대원들 팀 이름은 빡빡이들, 헬스보이, 운명의 데스티니, 올드 보이 등 스웨그와 에너지가 넘쳤지만 우리는 구름밭, 모스 팀 등 각자 연구 분야를 정체성으로 삼은, 뭔가 이름부터가 패색이 짙은 분위기였다. 그래도 우리는 서로 '한 윷' 던질 줄 안다며 경기를 기다렸다. 윷놀이를 코리안 보드게임이라고 전해

들은 에이레네와 구름 씨도 합류하며 적극성을 보였다.

설 전날 세종회관 입구에는 반짝이 술이 드리워졌고 솥뚜껑 화로가 각 테이블에 놓였다. 남극의 특별한 팜에서 키운 쌈 채소들과 고기도 풍성했다. 해표 마을에 다시 촬영을 간 사람들은 거의 쓰러질 듯 지쳐 돌아왔지만 원하는 촬영에 성공했다고 전했다. 원고를 쓰느라 따라가지 못한 터라 종일 팀원들이 돌아왔는지 귀를 쫑긋거리고 있었는데 무사히 임무를 수행해 다행이었다. 게다가 가는 길에 고래를 만났다고 했다.

"와, 좋았겠다. 정말 눈앞에서 고래를 봤어?"

남극에 와도 정작 만나는 사람은 몇 안 된다는 고래. 세상 어딘가의 바다를 유영하고 있을 고래에 대한 상상은 인간이 지구에 지니는 환상과 꿈, 경이와 경외의 발신처였다. 고래 하면 그에 대한 하나의 장엄한 서사시라 할 허먼 멜빌의 《모비딕》을 빼놓을 수 없었다. 내 주위에는 유독 이 소설에 매료된 작가가 많고 해마다 재독하는 이도 있었다.

동영상을 찍었느냐고 묻자 M박사가 보여주었다. 수면을 오르내리는 검정 몸체, 쉬익거리는 숨소리는 고래가 맞았다. 바닷속과 대기 중을 힘차게 헤엄치며 여름의 환희를 즐겼고 내가 지금 그 황홀한 생명체와 멀지 않은 곳에 있다는 신호를 보내고 있었다. "M박사, 좋았겠네." 휴대전화를 돌려주면서 나는 고래가 두 번이나 같은 고생을 한 대원들에게 주어진 선물이라고 생각했다. 그 촬영은 상태가 좋지 않은 낫긴털이끼(그것이 황금빛인 이유였다)들을 촬영해 원인을 알아보려는 것이니 더더욱. 그러니까 그날의 고래는 그런 수고와 관심에 대한 남극의 응답이었을지도 몰랐다.

이윽고 바비큐 파티가 시작되었지만 원활하지는 않았다. 고기도 먹어본 사람이 먹듯 구워본 사람이 잘 구웠다. 우리 팀의 L, M, 벡터, 나는 서로 조리의 수고를 맡겠다며 나섰지만 결국 모두 그런 일에 서툴다는 사실이 밝혀졌다. 딴에는 신경을 써도 삼겹살은 새카맣게 타버렸고 우리는 내내 놀림거리가 되었다. 한국 사람들이 고기를 굽는 수선스러운 과정을 좋아하는 이유는 집게와 가위를 든 채 고기를 자르고 김치를 올리고 상추쌈을 싸다 보면 자기도 모르게 제 얘기를 술술 하게 되어서가 아닐까. 곧 몇몇 연구자들이 기지를 떠나기에 그날의 회식은 더 특별했다. 남극에서 맞는 첫 번째 이별이었다.

"같이 있다가 사람 나가면 기분이 조금 이상해."

1월부터 와 있던 카밀라 언니가 미리 알려주었다.

"아, 정말요? 같이 일해오던 연구자들이라 그런가?"

만난 지 며칠 되지 않은 사람들이라 내게도 그런 아쉬움이 들지는 잘 모를 일이었다.

"마음 한 켠이 좀 텅 빈 것 같을 거예요, 작가님도."

언니는 극지 온실 기체 연구를 위해 북극과 알래스카, 세종 기지를 오가며 곳곳에 자신의 발자국을 남겨왔다. 누구보다 많은 경험을 했지만 먼저 나서 자기 이야기를 하기보다 조용히 듣고 응시하고 생각하는 사람이었다. 2018년 지금의 연구동이 생기기 전 컨테이너 시절부터 연구 활동을 해와 그 무렵 얘기도 들려주었다. 남녀가 함께 생활했고 서로의 프라이버시를 지켜줄래야 지켜줄 수 없는 환경이었단다. 얇은 파티션으로 겨우 공간을 구획해 지낸 과거의 흔적은 기지 박물관에 남아 있었다.

언니는 다가오는 주일에 괜찮으면 공소예절을 드리자고 권했다. 작년에 세례를 받기는 했어도 열의만 앞설 뿐 사실 나는 제례나 절차에 대해 잘 몰랐다. 하지만 주일을 신자들과 함께 보낼 수 있다는 사실만으로 기뻤다. 놀랍게도 이곳 남극에 성당이 있지만 러시아 정교회에서 만든 곳이었고 가려면 일단 바다를 건너야 한다. 언니는 식전 기도를 하는 내 모습을 보고 신자라는 걸 알았다고 했다.

마지막 촬영까지 잘 마친 원격탐사 팀은 한결 홀가분한 표정이었다. 그들 역시 이틀 뒤에 나갈 예정이었다. 비행기가 뜬다면. "고생 많으셨어요" 하고 말을 건네자 책임자인 '옆잘님' 옆에서 묵묵히 수고를 다하던 Y가 복잡 오묘한 표정으로 웃었다. 긴장하고 집중하는 얼굴 이외에 비로소 보게 된 Y의 평소 표정이었다. 원래 그렇게 책임감 많은 성격이냐고 묻자 Y는 그렇지 않다고 답했다. 지금 생각하면 아쉬울 정도로 방황한 시간들도 있었다고.

Y 앞에는 기지에서 가장 어린 E가 앉아서 대화를 듣고 있었다. E는 마치 동자승 같은 얼굴이었다. 처음 보는 순간 잊히지 않을 인상이라고 생각했는데 나만 그렇게 느낀 건 아닌 모양이었다. 이른 나이에 선박 기관사가 되어 항해한 경력의 E를, 그의 선량하고 맑은 웃음을 모두

좋아했다.

'옆잘님'은 내게 E를 취재해 해양소설을 한 편 쓰라고 권했다. 그때 내가 떠올린 건 남극에 오기 전 읽었던 19세기 미국의 대표 작가 에드거 앨런 포의 《아서 고든 핌의 이야기》였다. 포의 유일한 장편인 이 작품에는 남극 탐험을 떠난 두 소년이 등장하고 선상 반란과 폭풍, 난파와 기아 같은 온갖 모험이 펼쳐진다. 하지만 소설 속에 묘사된 남극의 모습은 실제와는 전혀 맞지 않고, 그 어긋남과 오류는 '소설적 상상력'에 개입되는 현실의 장력을 생각하게 했다. 아프리카 대륙의 어느 섬처럼 남극을 묘사하는 포의 한계와 오류는 당시 광풍처럼 일었던 제국주의적 상황에 제어당한, 혹은 매혹당한 결과물처럼 보였다.

"어린 나이에 자기 꿈을 향해 가는 E는 너무 멋진 젊은이야."

'옆잘님'은 E를 대견스러워했고 살다 보면 이십대에 한 번은 큰 위기가 찾아올 수도 있지만 그때만 잘 넘기면 문제없다고 격려했다. 가장 유순한 마음을 가졌지만 그렇기에 가장 상하기도 쉬운 시절, 스스로의 정체성보다는 사회적 시선을 통해 평가되고 정의되는 시기가 이십대 아닐까. 이십대 때 내가 가장 싫어한 말은 '88만 원 세대'라는 신조어였다. 기성세대에 의해 내 삶이 함부로 규정되는 듯해 질색이었다.

나는 이십대 초반의 E가 배 위에서 만났을 다국적 선원들과의 일상이 궁금했다. 그리고 내가 2월 말에 여기를 떠난 뒤 경험할 남극의 가을과 겨울, 다시 찾아올 봄도. 사람의 몸에도 나이테 같은 것이 있다면 월동 경험은 바깥의 겨울과는 상관없이 E의 인생에 굵직한 성장으로 남을 듯했다.


"노래방 가니?"

회식 자리가 파하고 나가는데 다국적 팀의 V가 물었다.

"아니, 우리는 숙소로 가려고" 카밀라 언니와 같이 출입구로 가다가 나는 두 손을 내저으며 답했다. V는 아쉬운 표정을 지었다. 그는 한국의 노래방 문화에 한껏 빠져 있었다. 기지에도 노래방이 있어서 휴게 시간 틈틈이 대원들이 부르는 팝, 댄스, 발라드 노래가 들려오곤 했다. 디셈버와 케이윌, 박효신이 있었고 아이유와 크러쉬, 방탄소년단이 남극에 있었다.

키즈 카페에서 아르바이트해본 지인에게 들은 바로는 거의 모든 한국 아기가 시키지 않아도 종일 춤추고 그렇게 노래를 한다나. 《삼국지》위서 동이전에 이 민족은 밤낮으로 노래하고 춤추기를 즐긴다는 말이 괜히 나오는 게 아니구나 싶었다고.

회식을 하고 나와도 밖은 여전히 밝았다. 남극에서는 밤 10시쯤이 되어야 조금씩 어두워졌다.

"여기서는 오로라 못 보죠?"

"지금 시즌에는 별 보기도 어려울 거예요. 장보고 기지에서는 오로라 있는 밤이 일상인데……."

장보고 기지에서 두 번 월동을 한 대기과학 전공의 그는 극지에 대한 많은 지식과 정보, 특히 어마어마한 양의 영상과 사진 자료를 지녔다. 나는 마음속으로 그를 이름과 알파고를 합친 '원파고'라고 불렀다. 내가 어떤 문제에 약간 의문을 보이면 바로 휴대전화를 꺼내 관련 자료를 보여주었고 백과사전을 읽는 음성 지원 프로그램처럼 빠르고 정확하게 설명해주었기 때문이다. 자기 경험을 나누는 데 망설임이 없고 그것을 아까워하지 않는 사람이었다.

"너무 좋았겠다. 오로라를 한 번도 본 적이 없어서 어떤 느낌일지 감히 상상도 안 가네요."

"갈 때 혹시 LA 경유하세요? 야간에 한국 가는 비행기에서 오른쪽 창가에 앉으면 오로라를 볼 수 있다던데?"

역시 과학자라 비행기 티켓을 끊을 때도 과학적 지식을 이용하는구나 감탄하는데 카밀라 언니가 "잠깐" 하고 의문을 제기했다.

"지금 시즌에 그렇다는 거야? 어떤 항로로 가든 다? 위도상 그게 되나?"

언니는 과학자 특유의 근성을 발휘해 가능성을 점검하기 시작했다. 원파고 역시 자기가 들은 정보를 조합해 카밀라 언니와 토론했고 우리가 숙소에 도착할 때까지 대화가 계속됐다.

"아, 나는 그냥 오로라를 보고 싶다고 한 것뿐인데……."

문 앞에서 내가 탄식하자 사람들이 웃었다.

한 해가 마무리되는 남극의 밤 여느 때처럼 책을 껴안고 침대로 들어갔다. 기지 도서관에서 빌려 온 루쉰 단편 전집 《납함》이었다. 들락거려 보니 도서관에는 충분히 많은 양서가 남극의 오래된 얼음과 동토층처럼 간직되어 있었다. 이대로 시간이 더 지나면 아주 신비로운 오라를 갖게 될 도서관이라는 기대가 들었다.

루쉰은 소설을 쓰게 된 계기를 밝히며 친구와의 대화를 기술한다. 집필 활동을 독려하는 친구에게 "창문도 전혀 없고 절대로 부술 수도 없는" "쇠로 된 방"에서 많은 사람이 죽어갈 수밖에 없다면 그들 중 일부를 소리쳐 깨운다고 무슨 의미가 있겠는가 냉소하던 그는 "그러나 몇 사람이 깨어 일어난다면 이 쇠로 된 방을 부술 희망이 없다고는 말할 수 없을 걸세" 하는 답을 듣고 마음을 바꾼다. 남극해를 무겁게 통과하는 바람 소리를 들으며 읽는 루쉰의 성찰은 얼음처럼 정결하게 느껴졌다.

자정이 되자 옆방에서 대원들이 가족들에게 인사하는 소리가 들려왔다. 평소에는 옆방 소리가 거의 들리지 않지만 새해를 맞는 이 밤은 달랐다. 모두 창가에 붙어 통화하는 듯했다. 혹시 인터넷이 더 잘 잡힐지 모른다는 기대로, 그러면 가족의 목소리를 더 가까이 느낄 수 있으니까.

해표 마을 대피소에서 좀 어색하게 대화를 마친 일행도 큰 소리로 아이에게 인사했다. 나는 그 목소리에 마음이 누그러졌고 휴대전화를 열어 한 사람 한 사람에게 새해 문자를 보냈다.

다음 날 드디어 시작된 2024년, 힘차게 일어나 씻으러 나갔는데 V가 복도를 어슬렁거리고 있었다. 나를 보더니 세탁기 돌리는 법을 가르쳐달라고 부탁했다. 코스를 선택하고 세제를 넣고 버튼을 누르면 알아서 돌아간다고 시범을 보여주었다. 그러면서 어제 노래방은 재미있었느냐고 묻자 그는 멋쩍게 웃었다.

"나 사실 며칠 전 벡터가 보여준 영상에서 네 춤을 봤어. 리키 마틴 같던데!"

"리키 마틴?"

V는 파안대소하더니 "너 재밌는 사람이다"라고 했다. 나는 농담이 아니라 진심으로 춤 실력을 칭찬한 것이었는데.

아침 식사는 셰프가 정성스럽게 끓인 떡국을 먹었다. 남극으로 떠날 때 새해에 떡국이나 먹을 수 있느냐며 친구가 걱정했는데 기우였다. 한국에서처럼 뽀얗게 우러난 사골 국물에 좋아하는 김 가루를 팍팍 뿌려 '한 살' 든든히 먹었다.

각자 일과를 보내다 오후에는 윷놀이를 하려고 모였다. 어려서 가족들과 했던 윷놀이는 여전히 그리운 기억이었다. 이후 독립하면서 윷놀이가 가능한 수만큼의 사람들과 새해를 보낸 적이 없어서 더욱 그랬다.

기대를 갖고 세종회관으로 들어서자마자 나는 깜짝 놀랐다. 식당 바닥 전체에 커다란 모판이 그려져 있었으니까. 말을 놓으며 하는 윷놀이가 아닌 사람이 움직이는 방식이라고 했다. 윷놀이의 승패는 말을 어떻게 쓰느냐에 달렸다. 특히 말을 최대한 합쳐 최소한의 움직임으로 결승점에 도착하는 것이 핵심인데 그러자면 사람이 사람을 업고 이동해야 했다. 기지의 젊은 대원들이야 모르지만 우리가 그럴 힘이 있을까? 하지만 이미 룰이 정해졌으니 하는 수 없었다. 우리는 웬만한 보디 필로만 한 윷가락을 들었다. 게와 걸만 계속되더니 결국 연구대 팀

들은 완패했고 아무도 예선을 통과하지 못했다. 그러자 월동 대원들은 우리를 긍휼히 여겨 한 명씩 다른 팀에 합류시켰다.

구름 씨는 이 코리안 보드게임에 완전히 몰입했다. 일단 도, 개, 걸, 윷, 모의 발음을 물어 정확히 익히더니 티셔츠가 말려 올라갈 정도로 최선을 다해 윷가락을 던졌다. 상대편 말을 잡을 때는 정말 그를 잡아먹을 듯 쏘아보며 으르렁월월그릉그릉 포효했다. 그간 윷놀이 판에서는 들어본 적 없는 음향효과였다. 한번 움직인 말은 되돌릴 수 없다는 규칙을 몰라 낭패를 보기도 했다. 윷가락이 나자빠지자마자 세 걸음 잽싸게 움직인 그는 우리가 "안 돼, 구름. 안 돼!"라고 절규하자 눈이 휘둥그레져 왜 그러냐고 물었다. 그리고 "다른 계획이 있었거든!" 하자 아쉬움이 가득 찬 눈빛으로 사과하며 슬퍼했다.

월동 대원들은 괴력을 발휘해 무려 두 사람이 앞뒤로 한 사람에게 매달려 한 발 한 발 윷판을 통과했다. 두 모를 연속 내는 신들린 실력을 보여주기도 했다. 결국 승리는 가장 건장한 대원들이 모인 '헬스 보이' 팀에게 돌아갔다. 상품은 기지에서 매우 높은 교환가치를 지니는 담배와 초코파이, 이탈리아 기지에서 선물 받은 배지였다. 우리는 그래도 새해이니 상품을 좀 나눠달라고 읍소했고 칠레산 초코파이를 손에 쥐고서야 흩어졌다. 함께 이동하고 성급하게 움직이지 않으며 머리뿐 아니라 힘을 써서 임무를 완수하는 것, 나중에 보니 남극의 일상을 꼭 닮은 게임이구나 싶었다.

한참 웃고 떠들던 현장에서 나와 혼자 기지를 산책했다. 고 전재규 대원 흉상을 지나면서는 늘 그랬듯 기도했고 솟대와 정승을 지나 해안가까지 내려갔다. 모처럼 셀카도 찍었다, 새해이니까.

저편에서 펭귄이 날개를 사선 방향으로 내린 채 어디론가 부지런히 이동하고 있었고 바닷물은 약간 어둡다가 금세 민트색으로 환해졌다. 자맥질하는 펭귄들과 입남극할 때부터 어떤 상징물처럼 맥스웰만 한가운데에 떠 있는 빙산. 남쪽으로 좀 더 걷자 스쿠아들이 모여 있는 작은 못이 나왔다. 기지 사람들은 그곳을 '스쿠아 목욕탕'이라고 불렀다. 목을 축이고 몸을 적셔 깃털도 손질하며 스쿠아들은 특별한 일 없이 완벽한 하루를 보내고 있었다.

"해피 뉴 이어!"

들은 것만큼 거칠지는 않았지만 다가가면 여전히 또렷한 시선으로 나를 경계하는 남극 친구들에게 작은 목소리로 인사했다. 정말 아름다운 새해 첫날의 여름이 라고.

4

명명의 세계

# 먼저 떠나는 사람들

연안생태 팀의 양은 생물다양성 및 보전생태학을 연구한 박사이자 다이버, 두 밴드의 멤버였다. 적지 않은 곡들에 '19금'이 붙어 있는, 절규와 저항의 메시지를 노래하는 헤비메탈 밴드였다. 그래서 한국의 '집사람'에게 그를 설명하는 데는 적지 않은 어려움이 있었다. 생물학자와 다이버와 헤비메탈 밴드 보컬은 도무지 한 사람으로 합쳐지기 어려운 코드였기 때문이다.

"아, 나는 또 다이빙하는 분이 밴드를 하신다는 줄 알았지."

나름 직장인 밴드에서 기타를 맡고 있는 집사람은

말했다.

"다이빙을 하는 분이 밴드 보컬이라니까."

"밴드 보컬이 다이빙하려고 남극까지 온 거야?"

"아니, 생물 연구를 하려고 왔다니까."

그런 전인적 인물이 놀랍게도 남극기지에 있었고 나는 'f×××'이 난무하는 밴드 음악을 들으며 "나갈 곳도 도망갈 곳도" 없다고 소리치는 이 가사가 혹시 현재의 기후 위기와 관련 있을까 상상했다. 나중에 그는 정말 그렇다고 알려왔다.

저녁 메뉴는 쟁반짜장과 무려 유린기였다. 윤기 나는 면발과 고소한 튀김옷에 감싸인 닭고기를 먹으며 L박사가 "오늘 완전 치팅데이네!"라고 말했다. 하지만 그간 대체로 고열량 음식들로 차 있었으니 사실 먹어온 대로 먹은 셈이었다.

식사를 마치고 내일 떠나는 기상 팀의 최 선생과 기지를 산책했다. 카밀라 언니와 원파고 등 여럿이 같이였다. 최 선생은 위험을 무릅쓰고 현장 관측을 나갔다가 발목을 다쳐 다리를 절었는데……가 아니라 대원들과 탁구를 치다가 부상을 입어 기지 닥터에게서 게걸음으로만 걸으라는 진단을 받은 상황이었다. 귀국길에 다친 것이 불편할 텐데도 내색 없이 기지 역사박물관의 기록물을 하나하나 살펴보았다. 내후년쯤 장보고 기지에 갈 계획은 있지만 세종 기지는 언제 또 올지 모르겠다며 눈에 공간을 담았다.

20여 일이 지나면 나도 저런 이별 전야를 맞고 있겠지 하니까 마음이 스산해졌다. 다음 날 비행기가 뜨는지는 밤 8시 칠레 프레이 기지에서 연락이 와야 확실해지는데 연착으로 며칠 더 함께 있었으면 싶기도 했다. 나머지 사람들도 가지 말고 같이 남자며 농담했다.

박물관에 전시된 초기 월동 대원들의 관측 기기와 생활용품들을 둘러보다 나는 깜짝 놀랐다. 며칠 전 자칭 남극 플로깅을 할 때 주운 영라면 봉지가 그 시절의 중요 기록물로 소장되어 있는 게 아닌가. 그 봉지는 이미 쓰레기로 처리돼 컨테이너로 반출되었을 거였다. 기지에서는 종이, 나무, 음식물은 소각기로 태우고 고철, 병, 캔, 비닐, 플라스틱 등은 칠레나 한국으로 옮겼다.

나는 아무에게도 말하지 않고 혼자 안타까워하며 조용히 다음 전시물로 넘어갔다. 세종 기지를 건설하기 위해 '빙원에 헤딩하는 심정으로' 남극을 찾았을 초기 연구대원의 수첩이었다. 40여 년 전 그는 한국에서 남극으로 오는 과정을 자세히 기록했다. 자신의 하루하루가 언젠가는 나 같은 작가의 마음을 두근두근하게 만들리라 예견한 듯이. 시간 단위로 기록한 수첩에는 여러 번 갈아탄 비행 여정뿐 아니라 그 비행기가 언제 어떻게 흔들렸는지 칠레 산티아고에 내려 사람들에게 무슨 인사말을 건넬지 어떤 지도들을 한가득 챙겨 갔는지 남겨놓았다. 쓸 곳이 모자라면 호텔 메모지도 이용했다.

우리는 극지를 연구하고 있다.
휴머니티를 위해, 미래를 위해.

그가 내다본 미래가 내가 있는 2024년의 2월이기도 하리라 생각하는 순간 중요한 연결선이 생겨나는 기분이었다. 어쩔 수 없이 벅차올랐다.

박물관을 나와 농장 문을 열자 누군가가 바이올린을 연습하다 벌떡 일어났다. 남극에 바이올린이 있는 것도 신기한데 청중이 농장의 상추와 치커리라니. 그는 옆새우를 연구하는 안 대원이었다. 우리가 한 곡만 연주해 달라고 졸랐을 때 그는 취미일 뿐이라며 겸손해하더니 비발디의 〈봄〉을 들려주었다. 기지의 식물만 아니라 되도록 많은 존재가 이 소리를 들으면 좋겠다 싶었다. 음악은 인간이 발명한 가장 아름다운 것이니까, 우리가 자연을 향해 보내는 가장 근사한 친교의 신호이니까.

　"전에는 안 대원이 박물관에서 연습을 했거든요. 그걸 모르던 때에 완전 놀란 사람도 있어요. 지금은 쓰지 않는 옛 숙소 컨테이너에서 바이올린 소리가 들리니까 혼비백산한 거죠."

　우리는 와르르 웃으면서도 여기까지 악기를 들고 온 안이 멋지다고 입을 모았다. 기지에는 다른 월동 대원이 가져온 전자 드럼, 전자 피아노, 기타까지 있으니 다같이 합주 한번 하면 너무 좋겠다고. 8시가 지나자 예정대로 비행기가 뜬다는 방송이 나왔다. 떠나는 사람은 안도의 탄성을, 남는 우리는 아쉬움의 탄성을 냈다. 카밀라 언니 말처럼 마음이 허전해져서 놀랐다. 며칠을 함께했을 뿐인데.

다음 날 떠날 분들과 마지막으로 인사하며(오전 관측을 다녀오면 가고 없을 수도 있으니까) 아침을 먹었다. 식당에는 기지에서 준비한 선물이 놓여 있었다. 컵라면과 오예스, 소주와 믹스커피였다. 오예스는 기지에서 정말 귀한 과자가 아닌가. 나도 모르게 시선이 갔다. 한정된 간식을 먹으며 지내다 보니 그 흔한 과자가 별식처럼 느껴졌다. 기지에서 주는 그 선물은 비상식량이기도 했다. 조디악을 타고 바다 건너 공항에 갔다가도 갑작스러운 기상 악화로 대기소나 타 기지에 머물러야 할 때를 대비하는 거였다. 아쉬운 마음을 표하고 식당에서 나오니 마치그 마음을 헤아리듯 특별한 손님이 찾아와 있었다. 보무도 당당하게 기지 안으로 불쑥 들어온 그는 턱끈펭귄이었다.

"너 여기서 뭐 해?"

내가 물었지만 멋진 붓꼬리도 없는 인간쯤은 무시한 채 턱끈펭귄은 보트동 앞을 지나 기지 앞마당까지 들어섰다. 혹시라도 길을 잃을까 싶어 얼른 막아섰다.

"그만 가, 이쪽은 바다가 아니거든."

그러자 턱끈펭귄은 앞날개를 사선으로 뻗으며 소리

를 꿱 질렀다. 부리도 날개도 꼬리도 없는 주제에 감히 앞을 가로막았다고 불쾌해하는 듯했다. L박사가 내게 턱끈펭귄과 사진을 찍으라고 했다. 나는 어색하게 포즈를 취했다. 그 잠깐 사이에 약간 성질머리 있어 보이는 녀석이 다리를 쪼지 않을까 염려하며.

오늘은 홍 선생과 함께 온도와 수분 센서를 설치할 계획이었다. 완전히 병든 것과 반만 병든 것, 건강한 것으로 나누어 낫깃털이끼의 생장 환경을 확인해야 했다. 실험실에 가져가려고 비슷한 조건의 낫깃털이끼들을 토양까지 떠서 채취했다. 센서를 설치한 뒤 남극좀새풀밭으로 가서 관측 데이터를 다운받고 장비 배터리를 갈고나니 어느덧 시간이 꽤 지나 있었다. 홍 선생과 동행한 건 작업에 터프북Toughbook이 필요했기 때문이었다. 터프북은 사막이나 극지 같은 가혹한 환경에 견딜 수 있게 제작한 고가의 노트북 컴퓨터였다. 연구대원들 중에서도 가진 사람이 별로 없었다.

일을 마치고 돌아왔을 때 세종 기지 앞바다를 유빙이 뒤덮고 있었다. 이대로는 사람들이 조디악에 탑승하기 어렵다고 했다. 포클레인으로 치워보려고도 했지만 역부족이었다. 혹시 오늘 떠나지 못하게 되는 건가! 하지만 기지 대원들은 유빙을 헤치고 조디악을 남쪽으로 몰고 가 '세종곶'에서 사람들을 태웠다. 바턴반도는 마치 잘생긴 진돗개 얼굴처럼 생겼는데 코 부분에 해당하는 지점이었다.

　　마지막 인사를 하고 싶었지만 이미 그쪽으로 열심히 걸어가는 뒷모습만 보였다. 카밀라 언니가 배웅을 위해 함께 가고 있었다. 그 뒷모습에 손을 흔들고 돌아섰다. 반 정도가 빠져나가자 기지가 텅 빈 듯 느껴졌다. 우리는 방으로 들어가지 못하고 연구동 1층에 모여 앉았다. 수백 번 남극해를 다이빙한 관록의 해양 조류학자 고 연구원과 그 메이트인 양, 안, 식생 팀 전부와 대기연구 팀까지 모여 커피를 마셨다. 양과 고 연구원이 핸드밀 그라인더로 커피를 갈고 필터로 내려놓았다.

　　"이제 아무도 먼저 나가기 없기예요."

　　누군가 웃으며 말했다.

　　"나중에 우리 모두 나가고 나면 월동 대원들 마음도 허전하겠어요."

　　또 누군가 말했다. 우리는 저마다 잠시 생각에 잠겼

다. 하지만 커피는 맛있고 따뜻했다. 지금은 지금이고 그때는 또 그때에 알맞은 작별의 방식이 있을 테니까.

드디어 주일이 되어 공소예절의 날이었다. 나는 종교 생활을 하는 사람으로 우리 집안에서 최초였고 그건 곧 아무것도 모른 채 신자가 되었다는 얘기였다. 신자가 된 과정도 무척이나 우연적이었다. 크리스마스와 관련한 연작을 쓰려고 성당에 갔는데 어느 분이 말을 건넸다.

갑자기 시작된 종교 생활이지만 나는 미사 시간을 무척 좋아한다. 다 끝나고 집으로 갈 때면 아쉬움이 들었다. 성당 밖에서 나를 기다리는 것들은 온통 녹록지 않은 고민거리들이었기 때문이다. 보이지 않지만 존재하는 것을 믿는 모든 사람에게는 일상의 작은 우연도 신비를 간직한다. 나 역시 우연하고 의외인 일상의 일들을 통해 신을 감각하곤 한다. 남극행 비행기를 기다리던 1월 푼타아레나스에서도 비슷한 경험을 했다.

가톨릭 전례는 어느 나라 어느 곳을 가도 동일하므로 그 나라 언어를 알지 못해도 미사에 참여할 수 있다고, 모두가 여행자인 당신을 환영할 거라고 '책'에서 읽은 나는 푼타아레나스 거리를 배회하다 성당 종소리를 듣고 미사가 있구나 싶어 얼른 종소리를 따라 들어갔다. 천장은 카펫처럼 따뜻한 느낌의 붉은색이었고 제단 위는 돔 형식이었다. 아름다운 성화와 꽃으로 장식한 교회였다. 신자들은 앞자리에 모여 있었고 나를 포함한 관광객들 몇몇은 뒤편 긴 나무 의자에 앉았다.

그런데 미사가 시작될 즈음 나는 제대 앞이 관일지도 모른다는 생각이 들었다. 액자가 놓여서 뭔가 이상하다고 여겼지만 스페인어를 하나도 모르는 나로서는 상황 파악이 잘되지 않았다. 옆에 앉아 있던 관광객들은 구경을 다 했는지 아니면 예의상 나가야 한다고 여겼는지 자리를 뜨는데도 나는 일어서지 못했다. 그때만 해도 카밀라 언니, 안드레아 대원과 함께 기지에서 미사를 드리게 될지 몰랐기에 마지막으로 영성체를 하고 싶었다.

'그냥 추모 의식일 수도 있잖아' 생각하며 자리를 지켰다. 정장 차림의 참석자들이 거의 없다는 점도 영향을 주었다. 만나는 이마다 볼 키스로 다정히 인사를 나누었기에 나는 곧 펼쳐질 슬픔의 장례식을 예상하지 못했다.

명명의 세계

이윽고 미사가 시작되고 어렵지 않게 나는 전례를 따라갔다. 여행자임이 분명한 옷차림으로 사람들 사이에 줄을 서서 영성체도 받았다.

　그렇게 내가 알던 절차들이 다 끝나자 한 남자가 독서대에 섰다. 떨리고 긴장된 목소리로 낭독을 시작했다. 직접 선곡했을 음악을 배경으로 통한과 그리움, 슬픔과 안타까움이 전해졌고 시간이 흐를수록 감정은 더더욱 고조되었다. 이윽고 사람들이 눈물을 닦을 때 나는 내가 있을 자리가 아니구나 싶었다. 중요하고 엄숙한 순간의 불청객으로 사람들 기억에 남을까 착잡했다.

　그렇다고 나가버릴 수는 없었다. 그건 예의에 더 어긋나니까. 비록 미사에 늦은 지인들이 여전히 하나둘 들어오고 있는 어수선한 상황이었지만 나는 자리를 뜨지 않았다. 알아들을 수 없지만 따지고 보면 못 알아들을 것이 없는 긴 추도사를 끝까지 들었고 같이 영원한 안식을 빌었다. 마지막 즈음 다행히 망자의 이름을 알 수 있었다. 이름을 애틋하게 연호하며 추도사가 맺어졌기 때문이다. 그의 이름은 비올레타, 제비꽃이라는 뜻이었다.

　이윽고 꽃을 바칠 때가 되어 또 누군가 앞에 나와 짤

막한 말을 하며 음악을 틀었다. 성가가 아닌 정열적인 리듬의 록 음악이 흘러나왔다. 혹시 비올레타가 좋아한 밴드였을까. 웅장하고 장엄한 멜로디가 아니라 지극히 인간적인 음악으로 마무리되어 안도감이 들었다. 사람 일에는 우연한 만남들이 있기 마련이니 나를 그리 불쾌하게 여기지 않았으리라고 믿게 되었다.

"맞아, 칠레 사람들 장례 분위기는 좀 달라요. 작가님 짐작처럼 평소 좋아하던 노래였을 수도 있고요. 같이 기도한 걸 좋게 생각했을 거예요. 기도하는 손이 하나 더 보태진 거니까. 우리 이따가 신자들끼리 저녁 8시쯤 잠깐 모여요, 알았죠?"

내 얘기를 들은 카밀라 언니가 말했다. 오늘 아침도 자율 배식이었지만 우리는 평소처럼 같은 시간에 식당에 모였다. 미니팜의 채소들과 기지에서는 꽤 귀한 치즈를 팍팍 넣은 샌드위치, 인스턴트 황탯국 국물을 베이스로 끓인 호화로운 모닝 라면, 시리얼이 주메뉴였다.

오후가 되자 월동 대원 H가 친구들이 보낸 책과 편지를 가지고 찾아왔다. 지구를 돌고 돌아 도착한 책이라니, 그리고 다시 똑같은 여정으로 되돌아갈 책이라니 애

틋했다. 떠나기 전에 답장을 쓰고 가겠다고 약속했다. 선한 인상의 H대원은 고층대기관측동과 우주환경관측동의 복잡하고도 비싼 기기들을 관리했다. 남극에 와서 하늘보다는 낮고 낮아져야 보인다는 지의류하고만 친교를 맺고 있던 터라 H의 일이 궁금해졌다. 태양 폭풍을 측정하고 중간권의 온도 변화와 대기 파동을 관찰하고 있다고 설명했기 때문이다.

"남극에서 보고 싶은 별자리가 있으세요?"

H가 하는 관측이 별을 보는 차원은 아닐 테지만 나는 그런 순진하고도 정말 궁금한 질문을 했다. H는 진지하게 고민하더니 마젤란은하라고 답했다.

"왜요?"

"남반구에서만 볼 수 있으니까요."

H가 웃었다. 마젤란은하는 우리 지구가 속한 은하 영향권 안에서 가장 크고 밝으며 별의 탄생이 계속되는 젊은 은하였다. H와 어울린다고 생각했다.

방으로 돌아온 나는 편지를 읽고 두고두고 볼 수 있게 창가에 놓았다. 그리고 그날 밤 카밀라 언니의 연락을 받고 대기연구 팀 연구실로 향했다. 컴퓨터에 '남극세종

과학기지 공소예절'이라는 화면이 띄워져 있었다. 안드레아가 손수 준비한 자료였다. 우리끼리 나누는 친교 모임 정도로 여겼던 만남이 순서를 지켜 진행하는 일종의 전례라는 걸 나는 그제야 알았다. 그래서 '공소예절'이라 부른다는 것도. 남극에서 쓰던 기도 일기책을 들고 '차담회' 하듯 왔던 나는 당황했다. 언니는 괜찮다며 기도 일기책에 좋은 글귀가 있으면 끝나고 읽어달라고 부탁했다.

그렇게 내 인생 최초의 남극 미사가 시작되려는 순간 안드레아의 휴대전화가 울렸다. 딸에게 걸려 온(물론 엄마가 걸었지만) 전화였다. 과묵하고 사색적인 면모의 안드레아는 갑자기 무척 애교 넘치고 살갑게 딸을 어르며 통화했다. 밥은 배불리 먹었는지 잠은 잘 잤는지 응아는 잘 누었는지까지. 그제야 다정한 사람 안드레아가 느껴졌다.

사제 없이 미사가 가능한 이유는 두 사람이나 세 사람이라도 내 이름으로 모인 곳에는 나도 함께 있겠다고 하신 〈마태복음〉의 구절 때문이었다. 평소에도 나는 이 문장을 좋아했는데 지구의 태초 모습과 가까운 이곳에서 그 말은 더욱 특별하게 느껴졌다.

신자인 나는 이 광대한 자연의 힘과 질서를 어쩔 수 없이 신과 인간의 자리에서 묵상하곤 했다. 빛에 반짝이는 유빙들을 보거나 잠시 얼음이 풀린 틈을 타 되살아난 풀과 이끼 그리고 이제 솜털을 거의 벗은 펭귄을 볼 때마다 나라는 피조물의 자리도 오롯이 드러났다. 종교의 유무를 떠나 남극의 자연은 나를 낮추고 자연의 질서 안에 머물며 늘 숭고하게 했다. 압도적인 경외와 종교적 매혹, 두려운 감동이 뒤섞인 누미노제Numinose의 경험이 남극에는 있었다.

남극행을 준비할 때 사실 '죽음'을 목격할까 봐 두려웠다. 대자연이라고 하면 어쩔 수 없이 떠오르는 먹고 먹힘의 문제, 예를 들어 새끼 펭귄을 잡아먹는 남극도둑갈매기를 보면 어떻게 행동하게 될까 싶은 걱정이었다. 하지만 내가 도착한 때는 한여름, 새끼 펭귄들은 그런 갈매기들에 어느 정도 대항할 만큼 자라 있었고 이상하리만치 사냥의 장면은 펼쳐지지 않았다.

그 대신 죽음은 흔하디흔한 잔흔으로 걷는 곳마다 남아 있었다. 가장 빈번한 건 고래의 뼈였다. 자연사한 개체도 있겠지만 대부분은 포경 기지로 쓰이던 시기의 뼈들 같았다. 그건 도시의 흔한 이정표나 광고판처럼 펭귄 마을 입구를 나타내기도 하고 해표 마을 대피소나 이유는 알 수 없지만 세종 기지 헬기 선착장에도 놓여 있었다. 때로 뼈는 풍광을 이루는 자연스러운 형태로 흩어져 있었다. 그런 죽음의 흔적들이 나타날 때마다 나는 무정하지도 무심하지도 않은 평정심을 유지하며 사진으로 남겼다.

기도와 독서와 강론이 이어지는 남극 미사가 끝나고 언니가 기도 일기책에서 한 구절을 읽어달라고 했다. 애써 들고 온 나를 배려한 것이다. 나는 페이지를 펼쳐서 "나는 너희에게 평화를 남기고 간다. 내 평화를 너희에게 준다" 하는 〈요한복음〉의 구절을 읽었다. 그러는 동안 연구실에서는 원파고가 묵묵히 자기 할 일을 하고 있었다. 작업에 방해됐을 텐데도 원파고는 평소처럼 시원시원하게 괜찮다고 이해해주었다. 나는 원파고에게 다국적 팀이 매일 띄우는 풍선에 대해 물었다.

"한번 같이 보실래요?"

설명하다 문득 원피고가 물었다.

"봐도 돼요? 그럼 좋죠."

나는 기뻤다. 사실 그때까지 나는 내 위치를 어떻게 잡아야 할지 고민스러웠다. 취재기자로 왔지만 이미 한차례 방송국 팀이 다녀간 터라 자꾸 뭔가를 묻고 따라다닐까 봐 연구자들이 꺼리는 눈치였다. 그래서 윗선(?)을 통한 인터뷰 요청을 빼고는 평범한 식생 팀 멤버로 지냈다.

그런 소극적 태도가 이점이기도 했다. 외부인이지만 특별한 대우가 필요 없는, 절반 정도 내부인이 된 것이다. 이제 스물다섯 살로 E대원과 함께 기지 막내인 LB는 어느 날 체육관에 놀러 오라고 권하기도 했다. 밤마다 운동하는 대원이 많으니 재밌을 거라고.

"혹시 불편해하면 어떡해요, 운동하는데……."

다가가고 싶지만 얼마큼 다가가야 할지 몰라 주저하는 성격은 남극에서도 마찬가지였다. 그러자 배우 김수현을 닮은 LB는 눈을 동그랗게 뜨고 "불편해하긴요, 다들 환영할 거예요" 하며 내가 남극에서 들은 가장 잊을 수 없는 말을 남겼다.

"그리고 환영받지 못하면 어때요, 그것도 배워가는 거잖아요."

그 말 덕분일까. 나는 평소 궁금했던 사람들에게 조

금 더 적극적이 되었다. 차디찬 남극해로 다이빙하는 연안생태 팀 고 연구원과 양 연구원, '옆새우'라는 특이종에 빠져 있는 안이 그 대상이었다. 나는 기회를 봐서 그들을 따라가겠다고 별렀다. 그런 변화를 겪는 건 나만이 아니었다. 스트레스 반응 실험의 시금치 시료처럼 피곤한 기색이던 M박사의 눈빛이 변했다. 어느 순간부터 관측과 실험에 아주 적극적이었다. 내 생각에 그런 자극은 주로 홍 선생이 주고 있었다. M은 자신이 내성적이라고 했지만 가만 보니 해맑게 웃으며 할 말은 다 하는 성격이었다. 건치에다가 반짝반짝이는 눈망울을 지녀 그 말들은 아주 무해하게 들렸지만 한 번도 지지 않았다. 토론을 좋아하는 홍 선생은 M의 좋은 파트너였다.

그 밤 방으로 돌아가던 나는 마침 안을 만나 혹시 옆새우를 채취하러 같이 가면 안 되겠느냐고 조심스럽게 물었다. 안은 "정말요!" 하며 평소의 과묵함을 생각하면 이례적일 정도로 좋아했다. 나중에 알게 되었지만 이유가 있었다. 2인 1조가 되어야만 이동할 수 있는데 그가 옆새우를 채취하는 바다는 기지에서 꽤 멀다. 그러나 그 순간에는 그런 노고에 대해서 짐작하지 못했고 나는

드디어 남극해에서 만나게 될 '절지동물문 갑각강 단각
목종'들을 기대하며 잠이 들었다.

# 남극해를 걷다

예상보다 섬세하고 친절하며 조언에 적극적인 과학자들 덕분에 나는 남극의 많은 존재의 '이름'을 알게 되었다. 어느 세계든 이름을 아는 건 무척 중요했다. 구마의식을 할 때 사제가 가장 먼저 알아내야 하는 것도 악마의 '이름'이라고 하니까. 존재에 핀을 꽂아 '고정'해두는 일이었고 그렇게 함으로써 눈앞의 형상을 인간의 인식 아래 두는 행위였다.

어느 날 작업을 하다 책상으로 돌아와 보니 극지연구소에서 만든 남극 농불 스티커가 놓여 있었다. 물개는 금세 알아봤는데 거미와 번데기를 합쳐놓은 듯한 녀석이 낯설었다. 고 연구원이 가져다준 거라고 했다. 전날 해양생물에 대해 물어봐서 챙겨준 모양이었다. 남극의 여름 바다는 어느 면에서 우리가 아는 바다와 다르지 않았다. 화산석이 많은 해변에서는 문득 여기가 제주도인가 싶었다. 빛이 내리쬐면 바다 결마다 윤슬이 흘렀고 자갈 해변에는 무성한 조류들이 와글댔다. 물론 그렇게 반짝이다가도 유빙과 빙하가 둥둥 떠내려오며 갑자기 영하의 '쿨톤'을 띠었다.

"얘 이름은 뭔가요?"

나는 기괴해서 마음에 쏙 드는 스티커를 가리키며 물었다.

"거대 남극등각류입니다. 일종의 진드기인데 물속에서 아주 느리게 움직여요. 집어 들어도 아 내가 잡히는 건가 하며 가만있어서 아주 잡기 쉽습니다."

나는 풋 웃었고 고 연구원은 세종회관 냅킨에 "Isopoda"라고 써주었다. 남극해로 직접 다이빙하는 과학자답게 그의 얘기 속 남극 생물들은 생생한 실감을 띠며 빛났다. 수중 군락지를 이루고 해류에 따라 크게 흐느적거리는 연두산말에 대해 들을 때는 남극 바다가 '숲'처럼 느껴졌다. 연두산말은 우리가 아는 미역처럼 생겼지만 유전적으로는 사람과 쥐만큼이나 다르다고 했다. 바꿔 말하면 사람과 쥐만큼 닮아 있었다.

내가 안 연구원을 따라 옆새우 채취에 나선다고 하자 벡터가 같이 가고 싶어 했다. 둘보다 셋이 덜 어색하니까 환영이었다. 하지만 몇몇은 내가 먼바다까지 가는 것에 회의적이었다.

"기지 앞 부두에도 옆새우가 많은데 힘들게 거기까지 가요?"

물론 나를 걱정해서 하는 말이었다. 드디어 당일 웨트랩으로 내려갔을 때 안 연구원이 장비를 건넸다.

"바다에 들어가실 건가요?"

"그럼요!"

우리는 펭귄 마을을 넘어 형성된 조간대*까지 가서 어쩌면 가슴 깊이까지 들어갈지도 모른다고 했다. 지금 남극해 수온은 높아야 영상 2도인데 그곳까지 걸어 들어간다고? 아무리 깊어도 허벅지 정도겠지 했던 나는 당황

---

* 만조와 간조 때 바닷물에 잠기거나 드러나는 해안선 부분으로 육지와 바다를 잇는 중요한 생태적 경계.

했다. 안은 수산물을 채취하는 해루질에 필요한 가슴 장화를 빌려주었다. 배낭 안에 넣으니 묵직했다. 사실 배낭을 매일 메면서 왼쪽 어깨 통증이 계속되었다. 어느 날은 팔을 들기 힘들 만큼 욱신거리며 아팠다. 그래도 다른 대원들은 더 무거운 짐을 지고 다니니까 나는 내색 없이 따라나섰다. 벡터는 사진 촬영만 할 계획이라 다른 장비는 필요 없었다.

기지를 벗어나자마자 안은 무서운 속도로 걷기 시작했다(물론 그는 최대한 천천히 걷고 있었을 것이다). 종종 멈춰 우리를 기다렸지만 마음은 이미 옆새우들의 풀장인 펭귄 마을 조간대에 가 있는 듯했다. 반면 나는 걸음이 느렸다. 또다시 찾은 펭귄 마을은 동물이라면(인간과 뱀을 제외하고) 사족을 못 쓰는 나를 붙들고 놔주지 않았다. 이미 입구를 지나는데 심술궂게 생겨 더 매력적인 자이언트 패트롤과 흰바다제비가 걸음을 멈추게 했다.

흰바다제비는 좁은 바위틈에서 나와 종종걸음 치며 관심을 끌려고 애썼다. 보통 귀찮아하거나 경계하는데 이 녀석은 왜 굳이 눈에 띄려는 걸까. 이유는 좁은 바위틈에 새끼들이 있기 때문이었다. 엄마 흰바다제비는 자

명명의 세계

신에게 관심을 집중시켜 새끼의 안전을 도모했다. 이런 '드라마'가 펼쳐지는 곳을 어떻게 휙휙 지나친단 말인가. 벡터와 내 발걸음이 느려지자 안이 눈에 띄게 초조해지는 게 느껴졌다. 바로 그때 기지에서 우리보다 삼십 분이나 늦게 출발한 고와 양 연구원이 우리 앞을 바람처럼 스쳐 지나갔다. 축지법을 사용한다고 알려진 그들은 얼음과 자갈로 된 남극 길을 일 분에 100보의 속도로 누비는 것으로 유명했다.

"저…… 사진은 나중에 돌아올 때 찍으시죠?"

기다리다 못한 안 연구원이 말했다. 그때서야 분위기를 파악한 벡터와 나는 풍경 대신 안을 따라잡는 데 몰두했다. 그런데 아무리 걸어도 조간대는 나타나지 않았다. 무거운 배낭은 왼쪽 어깨를 짓누르고 펭귄 마을에 들어찬 축축한 녹색 마녀 수프 같은 길은 금방이라도 자빠질 듯 미끄러웠지만 속도를 내야 했다. 새끼 펭귄들은 그새 매끈해진 검정 깃털을 뽐내고 있었다. 그런 펭귄들이야말로 이 여름의 축복이었다.

비탈길을 오르고 내려 또 한참 걷고 나서야 조간대는 펼쳐졌다. 마침 날씨가 개어 하늘이 푸르게 열렸다.

남극에 도착한 이후 이렇게 여름다운 하늘은 처음이었다. 나는 아름다운 것에서 곧잘 그러듯 풍경에 완전히 스며들었다. 그러면 붙들고 있던 나 자신은 사라지고 외부의 좋은 것들로만 채워지는 듯했다.

갯바위에서 가슴 장화를 꺼내는데 벡터가 추울 테니 방한 점퍼 위에다 입으라며 옷 입는 걸 도와주었다. 번개 같은 속도로 갈아입은 안은 이미 체와 채집통, 핀셋 등을 챙겨 남극 물가를 뒤지기 시작했다. 그렇게 서두른 건 만조 시간 때문이었다.

"이제 여기서 잡으면 되나요?"

물이 빠져나간 바위 위에는 연두산말들이 붙어 있었다. 말로만 듣던 바다 수풀이었다.

"돌멩이를 들어내면 옆새우들이 붙어 있을 거예요."

정말 그랬다. 그런데 안이 가리키는 것들의 생김새는 내가 생각한 형태가 아니었다. 심지어 지렁이처럼 생긴 것들도 옆새우라고 했다. 무려 223과 1만 종에 이르는 옆새우는 말 그대로 생기고 싶은 대로 생겼고 그렇다면 나는 뭘 채취해야 할지 더 오리무중인 셈이었다. 안은 "여기는 원하는 게 없네요" 하더니 더 먼 곳으로 걸어갔다. 몇 걸음 따라갔지만 미끄러지는 바위, 무거운 옷으로는 속도를 낼 수 없었다.

나는 은근히 서운해졌고 채집에 몰두하는 데 방해되기는 싫어서 혼자 돌을 뒤집으며 채집통을 채워나갔다. 벡터는 바위 위에 자리를 잡고 바다와 하늘빛이 이룬 푸른 비단 속 남극의 여름을 기록했다. 비록 포부만큼 옆새우에 대해 알지 못하더라도 따라올 만한 가치가 충분한 오후였다. 막상 바닷물에 발을 담그자 장화를 신어 그런지 전혀 시렵지 않았다. 나는 포말을 몰고 다가오는 파도를 아주 먼 시선으로 바라보았다. 여태껏 본 적 없는 가장 깊고 광활한 바다에서 오는 물결을. 안과 나, 벡터, 펭귄과 물범 이 모든 것이 각자 자기 시간을 보내는 지금이야말로 남극해에 걸맞은 완벽한 여름이라는 생각이 들었다.

얼마나 지났을까, 저 멀리 바위에 걸터앉은 안이 보였다. 드디어 열정을 다 불태우고 쉬는 건가. 이제는 내게 관심을 주겠지 싶어 다가갔다. 맨손으로 작업한 안의 오른손은 발갛게 얼어 있었다.

"무얼 좀 찾으셨어요?"

이전 발표 시간에 남극해에서 새로운 종의 옆새우를 찾은 적도 있다고 한 말이 떠올라 물었다. 안은 채집통을 보여주었다. 거기에는 갖가지 모양의 옆새우들이 아쿠아리움처럼 다종다양하게 들어 있었다.

"아, 여기 많이 붙어 있네."

안이 들어 올린 돌멩이 밑을 가리키자 그는 눈에 힘을 주어 살피더니 손가락으로 톡톡 쳐서 몇 개를 바다로 돌려보냈다. 마음에 들지 않는 도자기는 모두 깨버리는 장인정신이 옆새우 채집자에게도 있다는 걸 나는 그때 느꼈다.

"다 흔한 것들이에요. 세종 기지 앞에 있는 것들도 다 이런 거고요."

나는 평범하다는 이유로 안의 손가락에 튕겨 바다로 피용피용 날아가버린 옆새우들을 애석해하며(녀석들 입장에서는 다행이지만) 몇 센티미터도 안 되는 옆새우들의 차이를 육안으로 구분할 수 있느냐고 물었다.

"라식 했거든요."

안이 처음으로 농담이라는 것을 했다.

"그리고 제 눈은 옆새우에 특화되어 있어요."

"아!"

나는 채집통을 안에게 슬그머니 보여주었다. 나도 나름 노력했다는 제스처였는데 안이 한 마리를 가리키며 어디서 잡았느냐고 물었다. 기쁨이 차올랐다.

"저쪽에서 찾았는데, 왜요? 귀한 거예요?"

"흔하지는 않아요."

나는 순간 뿌듯해져 안을 데리고 남극의 여름 바다를 첨벙첨벙 가로질렀다. 바위에 붙은 삿갓조개를 가리키며 안이 이건 먹을 수도 있다고 알려주었다. 우리가 여느 여름 바다에 있었다면 조난된 섀클턴이 그랬듯 삿갓조개로 연명했겠지. 하지만 여기는 연구 이외에는 허용되지 않는 남극해였다. 얼어붙지 않은 푸른 바다를 걸어 그 특별하고 희소한 옆새우 보발리아 기간테아Bovallia Gigantea를 찾으러 '함께' 가는 중이었다.

189

# 유령들

———————

    옆새우 채취를 다녀온 다음 날 글을 쓰려고 책상에 앉았다. 남극에 와서 모든 것이 좋았지만 작업할 시간이 없다는 문제가 있었다. 현지에서 되도록 많은 기록을 남겨야 실감이 담길 텐데 영 틈이 나지 않았다. 드라이랩에 앉아 자꾸 나를 유혹하는 이미 떠난 연구대원 책상의 카스타드 박스(결국 며칠 뒤 나는 그걸 먹어치웠다)를 의식하며 노트북을 열었다. 복도에 나와 무언가 재미있는 이야기를 꺼내려는 과학자들의 대화에 최대한 관심을 끊고 막 키보드를 두드리려는데 식생 팀 식구들이 표본 분류 작업을 시작하는 소리가 들려왔다.

"저희끼리 하는 거죠?"

M박사가 물었다.

"작가님은 오전에 작업해야 한다고 하시던데."

"못 오시면 우리끼리 하면 되죠."

L박사가 선선히 답했다. 순간 갈등이 일었다. 그래, 남극까지 와서 책상에 앉아 있으면 뭐 하나. 이번에도 내 노트북은 쉽게 닫혔다. 복도 테이블에는 낫깃털이끼와 튜브, 가위, 핀셋 등이 놓여 있었다. 포터 소만 곳곳에서 고생하며 채집한 낫깃털이끼들이었다. '뿌리째', 더 정확히는 '피트층째' 뽑아 온 그것을 정리해 윗부분만 튜브에 담으라고 L박사가 알려주었다.

"음악 틀어도 될까?"

벡터가 물었고 우리가 동의하자 클래식 음악이 흘러나왔다. 식물에서 느껴지는 축축한 물기, 오래전 죽은 낫깃털이끼의 거무죽죽한 세포들, 이따금 물살처럼 일었다가 다시 조용해지는 대화, 보풀처럼 가느다란 이끼들을 핀셋으로 집어 들 때의 몰입감, 옹기종기 모여 있는 사람들. 이 편안함을 돌아간 뒤에도 기억해야지 싶었다.

작업을 마치고 웨트랩으로 갔더니 연안생태 팀도

표본 작업 중이었다. 마치 미술 작품을 만드는 듯한 과정이었다. 복도에서 활달하게 탁구를 치며 호탕하게 웃던 두 사람이 아주 신중하게 조류들을 흡습지에 펼쳐놓고 있었다.

"이거 많이 봤어요. 너무 예쁘더라고요. 반했어요."

아직 어제의 해변에서 마음이 돌아오지 않은 나는 트레이에 담긴 조류들 곁을 서성였다. 마치 풍선 아트로 만든 푸들처럼 생겨 기분이 경쾌해지던 한 개체를 가리켰다. 고 연구원은 아데노시스티스 유트리큘라리스Adeno-cystis utricularis라고 알려주고는 메모지에 철자를 적었다. 올록볼록한 줄기 안에 수분이 차 있어 탈수를 막아준다고 했다. 역시 자주 보였던 다시마처럼 생긴 개체는 팔마리아 데시피엔스Palmaria decipiens로 우리가 지내는 킹조지섬 바닷속에 아주 거대한 군집을 이룬다고 했다.

"혹시 잡쉬보시겠어요?"

고 연구원이 팔마리아 데시피엔스 한 조각을 내밀어 나는 냉큼 받아 입에 넣었다. 약간 건건한 소금기에 나무껍질을 씹는 듯 질긴 식감이었다. 남극해 염도는 지구 평균보다 높으니까 짤 것 같았는데 그렇지 않았다. 이런 조류들은 고둥이나 옆새우의 좋은 먹이가 된다고 고 연구원이 설명했다. 생태적 순환의 출발점인 셈이었다.

이윽고 6시가 되자 오늘도 어김없이 어서 와 맛있는 반찬이 사라지기 전에 밥을 먹으라는 꼬마의 목소리가 들렸다. 우리는 이제 이 안내음이 조금 무섭게 들린다고 농담하며 계단을 내려갔다. '완전한 사육'처럼 느껴졌기 때문이다. 추위를 이기기 위한 양질의 칼로리 공급으로 나는 평생 가장 무거운 몸을 두른 채였다. 밥맛은 매일매일 좋았다. 셰프의 역량 덕분이기도 했지만 '혼밥'이 없는 식탁이어서이기도 했다. 내가 혼밥을 그리 좋아하지 않는다는 걸 여기 와서야 깨달았다. 자주 홀로 여행하고 카페에서 작업하다 늘 혼자 점심을 먹으니까 괜찮다고 생각했는데 누군가와 같이 먹을 수 있게 되자 뭐랄까, 식탁 앞에서의 내 텐션이 달라졌다. 더 많이 먹고 더 즐겁게 먹었다.

식당으로 향하면서 기지 스탬프도 함께 챙겼다. 기지 방문자들을 위한 도장을 방으로 가져가 내가 가진 종이에 잔뜩 찍어두었다. 한국으로 돌아가 편지 쓸 때 사용하면 좋을 듯했다. 남극의 아주 미세한 입자가 남아 있을

지도 모르니까.

복도의 고풍스러운 단층장 위에 스탬프를 올려놓고 돌아서는데 화이트보드에 누군가 써놓은 글귀가 보였다. 문제의 "일부러 그러는 거죠?"가 생각나서 읽어봤더니 (그 문장은 며칠 뒤 사라졌다) "김밥 먹고 싶어요"라는 말이었다. 그렇듯 애절하게 김밥 사랑을 표현한 주인공은 다국적 팀의 클라우디우, 구름 씨 연구원이었다. 김밥을 얼마나 좋아하는지 매주 식단이 발표될 때마다 '김밥'이라는 단어가 있는지 살펴보았다. 셰프가 허락한다면 내가 한번 만들어줄까 싶었다. 웬만한 한국인들은 대체로 한 김밥씩 하므로.

외국 과학자들도 우리와 똑같은 식단, 이를테면 초계국수, 잡채밥, 콩비지찌개 같은 한식을 가리지 않고 해치웠다. 한국 음식에 대해 이미 잘 알아서 최고 유명한 음식이라며 불닭볶음면을 추천해도 절대 넘어가지 않았다. 오히려 "너희는 먹을 수 있니?" 하고 되물었다. 고추장에 고추를 찍어 먹는 진정한 매운맛의 민족인 척했던 나와 L박사와 M박사, 벡터는 동시에 고개를 저었다.

다만 기호는 분명했다. 에이레네는 우리가 벡터의

식료품 함에서 가져온 고급 안주 북어포를 영 싫어했다. 같은 팀의 V는 불닭볶음면은커녕 비빔면도 감당 못 하는 입맛이었다. 자율 배식을 하는 날 L박사가 비빔면을 만들어주자 맛있다며 열심히 먹다가 슬그머니 일어나 냉장고에서 마요네즈를 가져왔다. 맵기를 조절하려는가 보다 생각했는데 이상하게도 V는 점점 귀까지 빨개졌고 이윽고 L박사가 깜짝 놀라 소리쳤다.

"세상에, V! 이건 와사비 마요네즈야!"

우리는 미리 알아채지 못한 미안함에 물을 마셔라, 양념장을 덜어내라, 아예 면을 씻어라 하며 허둥댔다.

잘 끓인 감자탕으로 저녁 열량을 채우고 나니 M박사가 갑 티슈를 들고 나타났다. 그동안 숱하게 애벌 설거지를 해온 M은 심리전과 기싸움이 작용하는 가위바위보 대신 완전히 운에 맡겨야 해, 공정하고 민주적인 제비뽑기로 설거지 멤버를 정하자 제안했고 도구까지 직접 제작해 왔다.

사람 수만큼 탁구공을 넣고 그중 하나에 "수고염^^"이라는 도발적인 메시지를 적었다. 그동안 눈빛으로 상대를 제압해 무임승차해온 홍 선생은 약간 난감한 표정을 지었다. 가위바위보의 빈번한 패자였던 사람은 M박사, 나, 카밀라 언니였다. 어찌어찌해서 홍 선생과 카밀라 언니만 남으면 나는 "박사님, 홍 선생님 눈을 절대 보지 마세요!" 하고 응원했지만 별 효과 없이 이기는 사람들은 계속 이겼고 드디어 M이 판 자체를 바꾸는 아이디어를 짜냈다.

M박사는 탁구공을 잘 섞은 다음 직접 들고 다니며 뽑게 했다. 부드러운 눈빛으로 웃었지만 흑화(?)된 기운이 느껴졌다. M의 미소에서는 그동안의 억울함에서 벗어나겠다는 은은한 결기가 흘러나왔다. 대체 애벌 설거지가 뭐라고 사람을 이렇게 긴장시키는지 모르겠지만 아무튼 나도 탁구공을 뽑았고 M이 멋진 글씨로 써놓은 메시지를 확인했다. "수고염." 나는 실력도 운도 없는 인간인가 싶은 자책이 잠깐 들었다.

그렇게 또다시 패배자가 되어 설거지를 끝내고 돌아서는데 원파고가 내일 아침 풍선 띄우는 장면을 보겠느냐고 물었다. 드디어! 하는 기쁜 마음으로 약속 시간을 잡고 방으로 돌아와 얼른 세탁기부터 돌렸다. 속옷과 양말, 매일 입다시피 하는 티셔츠, 가장 중요한 건 수건들이었다. 한국에서 챙겨 온 그 많은 짐 중에 긴 머리칼의 소유자에게 가장 중요한 수건이 빠져 있었다. 기지에서 지급된 수건은 두 장뿐이라(읍소를 해 받아낸 하나를 추가해) 부지런히 빨아서 말려두어야 했다.

그렇게 남극에서 하루를 마치고 잘 준비를 했다. 얼마 읽지 못하고 잠들 테지만 늘 그러듯 책을 옆에 놓고 짧은 일기를 썼다. 그날의 마지막 문장은 이랬다.

이 대륙에서 가장 따뜻한 사람이 된 것 같다.

다음 날 아침 원파고와 연구동 현관에서 만나 고층 대기관측동을 향해 걸었다. 연구동에서 좀 떨어진 그곳은 무전 교신과 차량 접근이 금지된 보안 공간이었다. 안으로 들어가자마자 빼곡하게 들어찬 기기들이 눈에 들어왔다. 허름한 창고 같은 겉모습과 상반되게 크고 작은 버튼들의 불빛이 반짝이며 레이더와 컴퓨터 전파를 수신하고 데이터를 쌓는 첨단의 분위기였다.

"이게 다 뭐예요?"

원파고는 자기도 다 알지 못하지만 대기 과학자들

이 각자 프로젝트를 위해 설치한 장비로 한국까지 자료가 전달된다고 설명했다.

"이건 블랙 카본을 측정하는 기계예요. 쓰레기를 태우면 생기는 일종의 검댕 같은 거요. 그게 대기에 얼마나 있는지 확인하는 거죠."

"남극 하늘에도 그런 게 있어요? 이렇게 맑은데."

원파고는 그렇다고 답했다. 남극대륙에 들어와 있는 우리 같은 사람들이 만들어내기도 하고 바람을 타고 날아오기도 한다고. 과학자들이 설치해놓은 전선과 배관들은 웬만한 정글 식물만큼이나 이리저리 얽혀 복잡해 보였다. 연구대원들이 자재를 하나하나 들여와 직접 설치한 경우가 대부분이란다. 하늘을 관측하는 데도 남극에서는 머리만큼이나 '손발 품'이 필요하구나 싶었다.

원파고는 '구름 씨앗'의 양을 재는 기기도 있다고 가리켰다. 구름 씨앗이라니 단어 수집가의 심장을 두근거리게 하는 말이었다. 관측동 안 작은 방에는 구름 씨가 모니터를 들여다보며 바쁘게 일하고 있었다. 옥상 안테나를 통해 도착한 기상 데이터를 확인 중이었다. 그런 현재의 정보 위에 풍선에 매달아 보내는 센서, 곧 라디오존

데로 측정한 새 데이터가 쌓이는 거였다.

한참 컴퓨터 작업을 하던 구름 씨가 이내 자리에서 일어나더니 풍선을 띄우러 가자고 앞장섰다. 옮겨 간 곳은 비행기 격납고처럼 생긴 커다란 창고였다. 경비행기 정도는 들어갈 법한 크기였다. V가 남극 하늘로 날아갈 풍선을 꺼내 보여주었다. 베이지색 풍선은 차곡차곡 접혀 손바닥만 한 비닐에 들어가 있었다. 매일 이렇게 풍선을 날리면 혹시 환경에 영향을 주지 않을까 싶었는데 생분해성 라텍스 재질이라 시간이 흐르면 흙과 균질한 성분이 된다고 했다.

"V, 왜 장갑이 없어?"

구름 씨가 물었다. V가 원파고에게 혹시 장갑이 있는지 묻더니 할 수 없이 관측동으로 가지러 갔다. 풍선 표면에 가루가 묻어 있어서 장갑이 필요하다고 원파고가 설명했다.

이윽고 웬만한 중학생만 한 크기의 풍선이 펼쳐졌고 구름 씨가 헬륨 가스 호스를 주입했다. 밸브를 열자 풍선이 부풀기 시작했다. 저음 호리병처럼 펼쳐진 풍선은 드디어 보름달 같은 완전한 구가 되었다. 구름 씨가 노끈으로 풍선 입구를 칭칭 동여매면서 "아 유 레디?" 하고 물었다. 우리가 "예스!" 하고 외치자 창고 문을 열고 V가 구름이 은은하게 깔린 푸른 하늘로 풍선을 날렸다. 풍선은 구름들 쪽으로 이동하며 점점 아득해져 작은 흰 점이 되었다.

남극 하면 우리와 먼 곳처럼 들리지만 막상 여기 와 보니 남극의 모든 것이 삶을 관장하고 있었다. 지구의 양 끝인 남극과 북극은 세상의 대기와 해류를 이동시키는 아주 거대한 손이었다. 이곳의 변화들이 지구를 휘저었고 우리 일상이 조형되었다. '기후'라는 말 뒤에 붙는 변화, 위기, 때론 전쟁과 습격이라는 수많은 불확실성 속에서도 매일 전 세계의 과학자들이 같은 시각에 풍선을 올려 하늘을 살핀다는 것이 작은 낙관처럼 느껴졌다.[*]

오후가 되어 드디어 책상에 앉아 한국에서 보내온 교정 파일을 보고 있는데 에이레네가 들어왔다. 그리고 가까이 다가와 "소설가라고 들었어" 하며 말을 걸었다.

---

[*] 우리나라에서는 포항의 센터에서 매일 풍선을 올린다.

나는 맞다고 고개를 끄덕였다. 기지 이야기를 신문에 연재하는데 궁극적으로는 남극에 관한 소설을 쓸 거라고.

"아, 그렇구나."

에이레네는 고개를 끄덕이고 잠깐 뭔가를 생각하더니 "나 유령을 본 적이 있어" 하고 말했다.

"유령을, 봤다고?"

나는 과거 시제를 강조하며 다시 물었다. 에이레네는 중성적이고 허스키한 목소리였다. 마치 남극풍이 깃든 것처럼.

"응, 봤어."

나는 유령을 믿지 않지만 유령이라는 단어를 좋아한다. 그 텅 빈 존재가 지나갈 때 즉물적 사고에 빠져 있는 우리의 뒷덜미를 으스스하게 만들기 때문이다. 그 으스스함으로 우리는 돌아보게 되고 의문을 갖게 된다. 그렇다, 유령은 생각하게 하는 존재다.

사람들이 모이는 곳에는 으레 유령들도 존재한다. 에이레네는 남극 곳곳에서 유령을 느꼈고 그것은 주로 이곳에서 세상을 떠난 사람들의 흔적과 관련 있는 듯했다. 유령을 보았다는 말의 놀라움은 이후 떠난 이들에 대한 애도로 이어졌다.

　사실 이곳에 온 내내 내 평온을 간섭하는 하나의 장면이 있었다. 영국의 탐험가 어니스트 섀클턴 평전에서 읽은 대목인데 배가 좌초해 죽음의 문턱을 넘은 선원들이 가까스로 육지에 닿자 공포에서 벗어난 긴장과 분노를 펭귄을 살생하며 풀었다는 사실이다. 당시 남극을 탐험한 대부분의 사람이 펭귄을 요리해 먹었지만 그 살생은 폭력 자체를 목적으로 한 것이었다. 인간을 한 번도 본 적 없었을, 그래서 위험의 정도를 가늠조차 할 수 없었을 생명들은 오직 분노의 발산을 위해 희생되었다.

　이 아름답고 평화로운 대륙, 여름볕 아래 생동하는 오늘의 남극은 그런 죽음의 이야기들을 곳곳에 품고 있었다. 섀클턴은 유능한 리더십을 발휘해 선원 모두를 감동적인 귀환으로 이끌었지만 그중 몇몇은 고향에 돌아가 자살로 삶을 마감했다. 육체는 남극에서 돌아왔지만 이곳에서 겪은 트라우마는 유령처럼 그들의 삶을 맴돌았을 것이다. 아니 어쩌면 그 반대였을지도 모른다. 남극은 그들의 고난을 품어주었지만 도시는 그를 인간세계에 섞여들지 못하는 유령으로 만들었을지도.

"정말 비극적인 이야기야, 이곳에서 일어나는 사고들 말이야."

에이레네가 창밖의 해안선을 먼눈으로 바라보며 말했다. 작업 중인 책상 위로 찬바람이 모여드는 듯했다.

"그런 것에 대해서도 쓸 거니?"

에이레네가 물었고 나는 답하지 않았다. 남극을 다루는 많은 매체에서 이곳의 고립과 미지성이 드라마틱하게 연출되지만 내 관심사는 아니었다. 우리는 이메일 주소를 교환했다. 에이레네는 자기 프로젝트인 '대기의 강'과 관련한 글들을 보내주고 나는 신문에 에이레네 팀에 관한 기사가 실리면 알려주겠다고 했다.

어차피 혼자 돌아다닐 수도 없지만 어쩐지 남극은 혼자라는 기분을 느끼기 어려운 곳이었다. 일행과 좀 떨어져 걸을 때조차 그 사이를 바람이 채웠고 그러면 이 대륙에 대한 경이로움이 자연과 우리를 이어주었다. 에이레네가 벗어두고 간 장갑을 보며 나는 섀클턴의 전기를 다시 떠올렸다. 내가 기억하고 싶어 노트로 옮겨 적은 부분은 잔혹한 살상에서 더 나아간 이런 고백이었다.

"사우스조지아섬 내륙의 이름 모를 산과 빙하를 서

른여섯 시간이나 행군하는 동안에도 우리는 늘 셋이 아니라 넷인 것 같았다. 당시엔 대원들에게 그런 얘기를 하지 않았지만 나중에 위슬리도 내게 이렇게 말했다. 대장, 산을 넘을 때 왠지 또 다른 누군가가 옆에 있는 듯한 이상한 기분이 들었습니다. 크린 역시 같은 생각이었다고 고백했다. 그리고 인간세계로 돌아오자 그동안 그들을 이끌었던 알 수 없는 존재는 사라진 것처럼 느껴"졌다.

# 따뜻하게, 더 따뜻하게

———————

대기 팀과 함께 가야봉의 고장 난 기상 타워를 철거하러 나갔다. 몇 해 전 이산화탄소 측정을 위해 홍 선생과 카밀라 언니가 설치했지만 인정사정없는 남극풍으로 수명을 다한 장비다. 나들이하듯 가자고 해서 가뿐한 기분으로 집결 장소로 갔는데 홍 선생이 왜 이렇게 얇게 입고 왔느냐고 물었다. 맑은 날에도 바람이 거세게 불어서 춥다는 말이었다.

"괜찮을 것 같은데요."

애매하게 웃으며 나는 답했다.

"아니, 안 돼요. 더 두껍게 입고 와요."

할 수 없이 방으로 가서 가장 두껍다 자부하는 바지를 입고 돌아갔다.

"그건 무슨 바지예요? 내가 평소에도 작가님이 저 바지는 뭔데 입고 다니나 궁금했거든요."

"제가 사 온 등산 바지인데요."

"아니, 안 돼. 기지에서 대원들한테 지급한 복장 그대로 입어야 고생 안 합니다. 갈아입고 오세요."

또 퇴짜를 맞은 나는 연구소에서 대여해준 바지로 갈아입었다. 이제는 됐겠지 싶었는데 홍 선생이 놀라며 그것밖에 없느냐고 물었다.

"지금 그건 내피만 입은 거예요. 외피 없어요?"

다소 과장하자면 나는 내복 바지만 입고 나타난 셈이었다. 홍 선생은 멜빵바지 형태의 외피를 설명하며 다시 입고 오라고 했다. 가야봉에 오르기도 전에 옷 갈아입다 내 혼이 나갈 판이었다.

"그동안 외피 하의를 안 입고 다녔단 말이에요? 안 됩니다, 큰일 나."

홍 선생은 정색했다. 입남극 보름 만에 정상적인 방한복 착용법을 알다니 나의 어수선한 성격이 탄로 나는

(이미 그랬겠지만) 순간이었다. 분명 교육받았을 텐데 흘려들은 것이다.

"그래요, 작가님, 우리도 외피는 꼭 입어요. 입고 안 입고의 차이가 무척 크거든요."

카밀라 언니가 말을 보탰다. 그때까지 나는 이 멜빵바지는 무엇에 쓰는 물건인고 하며 옷장에 고이 걸어두었다. 또 터덜터덜 돌아가 외피를 입고 내려왔다. 홍 선생은 드디어 합격점을 주었고 카밀라 언니가 웃으며 핫팩을 건넸다.

기온이 영상 4도 정도인데도 보온에 신경 써야 하는 건 바람 때문이었다. 남극 내륙 기지와 이곳 모두를 경험한 대원이 차라리 추운 장보고 기지가 지내기는 더 낫다고 할 만큼 세종 기지의 바람은 악명 높았다. 나갈 때마다 두들겨 맞은 듯 두 뺨이 얼얼해져 돌아왔다.

오늘도 바람은 강했지만 하늘이 맑고 사람들과 함께하니 정다운 소풍길 같았다. 멀리서 들리는 빙벽 무너지는 소리도 더 이상 나를 놀라게 하지 않았다. 이제 그 모든 것은 일상이었다. 세종 기지는 여러 산봉우리에 포근히 둘러싸인 모양새이고 각 지형에는 한글 이름이 붙어 있었다. 백두봉, 세종봉, 전재규봉, 백제봉, 신라봉, 나비봉, 세종곶, 나래절벽, 바다가 있는 곳이라면 늘 존재하는 촛대바위까지.

"작가님, 이제 기지 생활에도 적응했으니 등산 한번 하셔야죠?"

홍 선생은 늘 입는 복장에 트레이드마크 같은 엉덩이 의자를 배낭에 달고 있었다. 역시 프로는 미니멀리스트인 법이었다.

"오늘 드디어 등산을 가게 되네요."

"아니, 세종 기지에 오셨으니 백두봉에 한번 가셔야죠. 그래야 등산이죠."

백두봉이라는 말을 듣자마자 나는 방어적이 되었다. 어느 날 홍 선생과 아침 일찍 백두봉 등반을 갔던 벡터가 완전히 지쳐 돌아와 "가지 마, 가지 마" 하고 손을 내저은 기억이 나서였다. 백두봉은 마리안 소만 빙벽을 코앞에서 바라보고 저 멀리 아르헨티나 기지와 플로렌스 누나탁*까지 볼 수 있는 장소로 유명했지만 하필 홍

---

* Florence nunatak. 빙원 중간에 솟으며 드러난 암반.

선생과 벡터가 오른 날은 출발하자마자 날이 흐려져 아무것도 못 보고 고생만 했다.

가야봉 등반은 계속 이어져 중간에 홍 선생은 호수 주변 식생을 관측하기로 하고 나머지는 정상을 향해 올랐다. 구릉이 펼쳐지면서 절벽 아래 해안가 절경이 나타났다. 나는 탄성을 질렀다. 거기에는 마치 흰 구름 같은 포말을 자갈 해변에 계속계속 부려놓는 바닷물이 있었다. 산꼭대기가 가까워지자 바람은 더더욱 강해졌다. 수십 대의 헬리콥터가 하강하고 있는 듯했다. 바로 옆에서도 목소리를 높여 소리쳐야 했다.

다른 사람들은 기상 타워 철거라는 목표를 향해 부지런히 나아가는데 나는 풍광에 매혹돼 자리를 떠날 수가 없었다. 구름과 바다와 바람과 식물들이 내게 들어와 어떤 것은 지우고 어떤 것은 채워 넣고 있었다. 내가 하는 생각과 완고한 마음은 지우고 자연의 동력과 빛을 불어넣었다. 여기서 종일 바다와 하늘만 보고 싶었다. 하지만 그런 과몰입을 방지하기 위해서라도 남극은 2인 1조였다. 나는 곧 일행을 뒤쫓아갔다.

안드레아와 벡터, 카밀라 언니와 원파고는 이미 기

상 센터를 해체 중이었다. 쓰러진 기기를 들어 올리는 데만도 네 사람의 힘이 필요했다. 나도 서둘러 손힘을 보탰다. 철근 무게도 무게이지만 바람 때문에 균형을 잡기가 어려웠다.

카밀라 언니는 나사 하나도 부러지지 않게 잘 해체하자고 당부했다. 한국에서 1만 3000여 킬로미터를 날아온 소중한 나사니까 재활용해야 한다는 말이었다. 각자 흩어져 말뚝을 뽑는데 마땅한 도구가 없었다. 큰 돌멩이를 잡아 퍽퍽 쳐내니 드디어 뽑혔다.

"성공했어요!"

내 말은 정신없이 부는 바람에 실려 허공으로 날아가버렸다.

"그런데 어떻게 옮겨요?"

"들고 가야죠."

안드레아가 철근을 올려 맸다. 원파고도 배낭에 부속품을 꽉 채우더니 마치 검투사의 검처럼 철근을 배낭 위로 가로질렀다. 이내 우리는 각자의 리듬대로 하산을 시작했다. 배낭은 무겁고 걸음은 느려졌지만 앞서가는 사람들이 정다워 사진을 찍었다.

거의 기지에 도착했는데 마침 온실 문이 열려 있었다. "무슨 작업 하세요?" 외쳤더니 동그란 안경에 비니를 쓴 대원이 기계실에서 모습을 드러냈다. K선생과의 첫 만남이었다.

"들어오세요!"

"지금 가야봉 다녀오는 길이라서 뭐가 묻어 있을지 몰라요."

문간에 서서 설명했다. 그러자 K선생이 밖으로 나왔다.

"뭐 하고 계셨어요?"

"대장님이 온실 설비를 돌려 발생하는 열로 나중에 겨울이 되면 지붕 눈을 녹일 수 있지 않을까 하는 아이디어를 주셔서 테스트 중이에요. 에너지가 절약되거든요."

K선생은 눈빛이 차분했고 나직나직한 목소리였다. 남극에는 벌이 없으니까 사람이 직접 수분 역할을 하는 게 맞느냐고 묻자 고개를 끄덕였다.

"붓으로 해주지만 저번 차대에서도 호박이 잘 안 열렸대요. 그래서 호박잎만 내놨더니 영 인기가 없었다고 해요."

남극 생활이 어떠냐는 물음에 선생은 좋지만 답답함을 느낀다고 답했다. 기계 설비 기술자로 외국에 자주 머물러 낯선 곳에 대한 불편함은 없으나 혼자만의 시간을 갖기가 어렵다고. 자기 고독으로 들어갈 시간이 사람에게는 필요한 법이니까, 선생의 마음이 이해가 갔다.

　　저녁 시간에 월동 천사에게 인터뷰를 부탁했다. 월동 천사는 내일 지질 환경 조사를 나가니 동행하자고 권했다. 어느 포인트냐고 묻자 마리안 소만을 조망할 수 있는 '전망대' 쪽이라 설명했고 그 말을 들은 벡터가 합류하겠다고 나섰다. 전망대 근처가 백두봉, 세종봉이라 다시 가보고 싶다는 거였다. 나는 인터뷰만 하고 등산은 하지 말아야지 내심 계산하며 그러자고 했다.

　　방으로 돌아와 침대에 몸을 던졌다. 산을 올랐더니 온 관절과 근육이 욱신욱신 쑤셨다. 휴대전화를 꺼내 메시지를 읽는데 "아빠가 이상해" 하고 엄마가 연락했다. 말수가 줄고 기력이 떨어지고 우울해한다는 거였다. 내가 걱정되나 싶어 아빠에게 메시지를 남겼더니 조심히 잘 지내라는 평소와 다름없는 답이 왔다. 나는 "사람이 가끔 기분이 처질 수도 있지" 하며 걱정 말라고 엄마를 안심시켰다.

　다음 날 아침 드디어 김밥이 나왔다. 무려 소고기 김밥이라 구름 씨가 좋아하겠다고 생각했지만 아쉽게도 그는 밥을 못 먹고 관측을 나갔다고 했다. 식생 팀 식구들과 함께 이제 우리 아지트나 다름없는 체육관 옆 KGL2로 관측을 나갔다.

　M박사는 홍 선생이 끊임없이 "뭔가가 있다!"라고 주장한, 모 지의류가 어떤 것은 국수처럼 자라고 왜 다른 것은 칼국수처럼 자라는가 하는 연구에 참여하기로 한 듯했다. 그 연구는 지의류의 생태를 통해 남극대륙의 현재와 전 지구적 기후 위기의 전망까지 담아낼 중요한 연구임에 틀림없었지만 여기서 자세히 밝힐 수는 없다. 다른 나라 과학자들이 아이디어를 얻으면 곤란하니까. 다시 강조하는데 절대 내가 이해 못해서는 아니다.

　어쨌든 나는 입남극 때부터 귀에 못이 박히도록 들어온 국수 가락과 칼국수 가락 연구를 위한 실험을 도우며 오전을 보냈다. 대체로 모든 이슈에 "다 스트레스 때문이라니까요!" 하고 그 분야 학위 보유자다운 반응을 보이던 M박사는 그 스트레스의 촘촘한 경우의 수와 세밀

함에 빠져들어가고 있었다. 자기 전공을 바탕으로 실험 모델을 세우고 의견을 제시하며 집중하기 시작했다. 몇 주 동안 M박사도 나도 변했다는 생각이 들었다. 남극이 우리에게 따뜻한 의욕을 불어넣고 있었다.

드디어 오후 2시 월동 천사와 나, 벡터, 울프염 대원은 마리안 소만 쪽으로 걸었다. 울프염 대원은 입남극 첫날 늑대 털모자를 쓰고 선착장에 등장해 외국 과학자들까지 몰려들어 기념사진을 찍고 간 예사롭지 않은 인물이었다. 다행히 날은 맑았고 바람도 평소만큼만 세게 불었다.

월동 천사는 우리를 데리고 세종봉 쪽으로 가면서 동굴 탐사대로 활동한 경험을 들려주었다. 그가 잠수했던 곳은 마을 사람들도 알지 못하거나 심지어 지도에 나오지도 않는 동굴들이었다. 탐사대가 존재를 확인해서 기관에 알려주는 일도 있었다. 신기하고 놀라웠지만 위험하게 들리기도 했다. 실제로 출구를 못 찾아 큰일 날 뻔한 적도 있다고 말했다. 이번에는 화제가 내게로 넘어왔다.

"작가님이 오신다 해서 소설집을 찾아 읽었습니다."

"와, 감사드려요. 어떤 책을 보셨어요?"

"《너무 한낮의 연애》 단편들을 읽었는데……."

"아…… 읽어보니 저 제정신 아닌 것 같죠?"

나는 민망해져 불쑥 그렇게 말했다. 농담이기는 했지만 사실이기도 했다. 그 시절 단편들은 내 안의 트라우마를 집요하게 파고들며 쓴 것들이기 때문이었다.

"아뇨, 아뇨. 제게는 조금 어렵더라고요."

그리고 월동 천사는 스쿠아 한 마리를 가리켰다. 기지 주변을 어슬렁거리던 녀석이 우리를 따라왔다. 인식표를 차서 알아볼 수 있었다. 우리끼리만 맛있는 걸 먹으러 간다고 생각했을까. 월동 천사가 스쿠아에게 집으로 가라고 손짓했지만 녀석은 딴청을 피웠다.

같이 걷는 길에서 마음은 더 투명하게 열린다. 우리는 각자가 사람들과 멀어지는 것을 얼마나 어려워하는 성격인지 얘기했다. 어떤 부모님 밑에서 자랐는지도. 그러고 나자 동굴 속 어둠을 천천히 유영하는 월동 천사의 움직임이 머릿속에 그려졌다. 지나온 시절을 찬찬히 더듬으며 새 빛을 찾아가는 느낌이 아닐까. 그런 점에서 우리는 남극에 오길 잘한 사람들이었다.

5
나의 폴라 속으로

# 천사도 가끔 거짓말을 한다

---

풍광 맛집이라는 '전망대'로 가는 길은 만만치 않은 자갈밭이었다. 바닷가 자갈들은 둥글기라도 하지 이곳 빙퇴석들은 날카로웠다. 그래도 오른 보람이 있어 마침내 산 중턱에 펼쳐진 평지에 이르렀다. 마리안 소만의 경이로운 풍경이 보였다. 마리안 소만은 빙하가 흘러내리면서 U자 모양이 된 거대한 골짜기로 그 일부는 드러나 있지만 대부분 바닷물에 잠긴 피오르 지형이다. 급경사를 이루고 맥스웰만과 이어져 있다.

가까이에서 본 마리안 소만과 그쪽으로 흘러드는 맥스웰만의 잔물결, 모노톤의 화산석과 지의류가 어우러진 풍경에 나는 말을 잃었다. 조각품 같은 빙벽 위로 큰 새가 날았다. 남방큰풀마갈매기일까. 반짝이는 윤슬을 띠며 고요히 움직이는 에메랄드빛 바다를 주시하는 매 순간이 벅찼다. 조디악을 타고 애써 통과해 가야 하는 바다가 아니라 내가 서 있는 편으로 조용히 흘러드는 물길이었다. 그 앞에 서 있는 마리안 소만의 푸르고 흰 빙벽은 구원을 위해 모여드는 발길들을 받아 안는 신처럼 성스러움을 띠었다.

"저기가 세종봉이에요, 작가님."

꼭 봐야 할 지층이 있다며 울프염 대원과 잠깐 사라졌던 월동 천사가 돌아와 가리켰다.

"네, 그렇군요."

바람을 피해 큰 바위 옆에 붙어 있던 내가 무심히 말했다.

"올라가기 어렵지 않아요. 여기까지 오셨는데 한번 오르시죠."

나는 이미 전망대 풍경에 푹 빠져 있었기에 그럴 생각은 별로 없었다.

"그래, 올라가자. 여기까지 왔는데 봉 하나는 올라가

야지. 내가 정상에서 먹을 컵라면도 가져왔어."

벡터도 권했다. 컵라면은 환영이지만 굳이 올라가야 할까? 월동 천사는 잘 안내할 테니 함께하자고 했다. 하긴 지금 내게는 등산 스틱과 튼튼한 등산화까지 있지 않은가. 나는 일어섰다.

그곳은 너덜 지대였다. 풍화가 진행된 바위 조각들이 쌓여 디딜 때마다 무너져 내렸다. 돌덩이 사이에 발이 빠지면 크게 넘어질 수도 있었다. 나는 산등 중턱에 자주 멈춰 섰다. 어렵지 않다더니 천사도 가끔은 거짓말을 하는구나. 출발한 이상 멈출 수도 없고 나는 울고 싶었다.

"등산 스틱 없이 올라와보세요. 그게 더 나을 것 같은데."

울프염 대원은 몸이 가벼웠고 뒷산 산책 나온 것처럼 편한 신발을 신고 있었다. 그런데도 정말 늑대처럼 벼랑을 잘도 올라갔다. 뒤처지는 나를 기다리느라 서 있는 시간이 길었는데 나중에 들으니 그 때문에 너무 추웠다고 했다. 하지만 등산 초보 인간을 여기까지 데려온 만큼 그건 천사와 늑대가 짊어져야 할 몫이었다.

나는 도움이 되려나 싶어 등산 스틱을 접고 네발로

기기 시작했다. 속도는 났지만 모양이 너무 '빠져서' 다시 이족 보행으로 돌아갔다. 결빙과 해빙의 에너지가 빚어낸 날카로운 돌들 틈에서 우리는 가끔 위태롭게 쉬었다. 그냥 전망대에 있는 건데 후회스러웠다.

여러 위기를 지나 드디어 세종봉에 오르자 다리가 후들거렸다. 세종 기지를 포함한 바턴반도 전경이 두루 내려다보였다. 바람이 귓전을 마구 때리는 가운데에서도 나는 기지를 향해(물론 안 들렸겠지만) 소리치며 손 흔들었고 최소한 등정을 망치지는 않았구나 싶어 기뻐했다. 월동 천사는 엄청나게 많은 사진을 찍어주며 등반 성공을 축하하더니 산등성이로 이어진 백두봉을 가리키며 킹조지섬에서 가장 높은 봉우리이니까 가까이 가보자고 권했다. 나는 그러자며 걷다가 순식간에 불어닥친 돌풍을 맞고 넘어졌다. 바람에 넘어가겠구나 싶은 순간 저항하지 않고 옆으로 뒹굴었다. 괜히 몸을 지탱하려다가 손목이나 허리를 다칠 수도 있으니까.

등산 경험 많은 벡터가 정말 잘했다고, 큰일 날 뻔했다고 칭찬해주었다. 역시 사람은 닥치면 뭐든 하게 돼 있구나 싶었다.

백두봉 아래에 도착하자 월동 천사가 아주 따뜻한 목소리로 "작가님, 여기까지 왔는데 올라가시죠" 하고 내 귀를 의심할 제안을 했다. 더 이상 월동 천사라 부를 수 없을 듯한 기분이었다. 당신은 혹시 월동 등반 조교가 아닌가. 나는 거절을 잘 못 하는 성격이지만 그 순간 바닥에 드러누워버렸다.

　"저는 이제 도저히 한 발짝도 올라갈 수가 없어요. 여러분, 올라갔다 오세요. 저는 밑에서 기다리면 되잖아요."

　순간 세 사람은 아무 말 하지 않았다. 하기는 못 간다고 자갈밭에 대자로 뻗은 사람을 설득할 수는 없었을 것이다. 울프염 대원은 말없이 주머니에 손을 넣고 뒤돌아 서 있었고 벡터는 내가 힘든 건 충분히 이해한다고 속삭였다.

　"저번에 홍 선생과 온 길보다 더 힘들어. 나도 죽겠어. 그래도 여기까지 왔잖아."

　시위하듯 누워 있는 동안 남극의 푸른 하늘이 눈에 들어왔다. 여기까지 와서 돌아서면 나중에 후회할까. 이미 나는 경이로운 남극에 완전히 매료되었는데 굳이 가장 높은 봉우리까지 올라가서 '끝장'을 봐야 할까. 하지만 앞으로 이곳에 다시 오지 못한다. 세상 어느 여행지이든 돈만 있으면 두 번 세 번 갈 수 있지만 남극은 한번 빠져 나가면 영원히 잃어버리는 공간이 된다. 재회는 기억으로만 가능하겠지. 월동 천사는 가만히 기다려주었다.

"쉬니까 힘이 나긴 나네요."

이내 나는 몸을 일으켰다.

그건 등반보다는 클라이밍에 가깝지 않았을까. 나는 왜 월동 대원들 중에서도 여기를 안 올라보고 귀국하는 이들이 있는지를 혹독히 깨달았다. 어떻게 올라갔는지 돌아오고 나서 기억이 잘 안 났다. 발밑으로 무너지는 자갈들, 날카로워 디딜 수 없는 암석들, 믿을 건 같이 올라가는 사람들뿐이다. 어쨌든 한 발 한 발 오르자 정상이 보였다. 안도하는 순간 거기에 도착하려면 1미터 정도 높이의 급경사를 올라야 한다는 사실에 절망했다. 그때 먼저 올라간 월동 천사가 두 팔을 내밀고 거의 완력으로 나를 끌어 올렸다. 우리는 몇 명 서 있기에도 좁은 산마루에 올라 소리 지르며 하이파이브를 했다.

등반 내내 월동 천사에게 홀려 여기까지 온 것을 후회했지만 정상에 도착하자 왜 그가 이곳으로 이끌었는지 완전히 이해했다. 거기서는 모든 것이 한눈에 보였다. 내가 평생 살면서 가장 먼 곳을 바라본 순간이 아닐까. 레고 블록처럼 축소된 세종 기지, 크레바스를 품고 있는 포터 소만, 칠레, 러시아, 우루과이 기지 등이 자리한 필데스반도, 북쪽의 넬슨섬과 얼음 탑처럼 솟은 플로렌스 누나탁, 그 주위를 흐르는 깊은 남극해가 펼쳐졌다.

"컵라면 드실 건가요?"

이윽고 월동 천사가 벡터에게 정중히 물었다. 해발 250미터의 남극 백두봉, 벡터와 나는 바람에 날아갈까 봐 암석에 바짝 붙어 있었다. 물론 늑대염과 월동 천사는 훨씬 여유로웠다.

"아니야, 컵라면은 어림도 없을 것 같아. 면발이 날아가겠네."

이런 줄도 모르고 간식을 챙겨 온 우리가 한심해서 벡터와 나는 깔깔 웃었다. 정상에는 태극기 함이 있었다. 전문 등반가들처럼 태극기를 들고 자랑스럽게 사진을 찍으려는데 함이 비어 있었다. 대체 어찌 된 일일까. 당황한 사이 준비성 철저한 월동 천사가 배낭에서 태극기를 꺼냈다. 우리는 수십 장의 기념사진을 찍었다.

"기지에서 이 배낭을 발견했어요."

배낭끈에는 L박사의 이름이 적혀 있었다. 1997년부터 남극에 일곱 번 오간 L박사가 언젠가 기지에 남겨뒀을 배낭을 월동 천사가 찾아냈고 그걸 매고 백두봉을 올랐다.

역사란 이런 것이 아닐까. 지구를 돌고 돌아 온 사람들의 일상이 쌓인 흔적들. 그렇다면 나 역시 남극 백두봉에 오른 최초의 작가로(아마도 최장 시간이 걸린 주인공으로) 남겠지. 행복감에 젖어 있는데 체온이 떨어지니 이제 내려가야 한다고 늑대엄 대원이 권했다. 하산에는 두 방법이 있다고 설명했다. 죽을힘을 다해 올라온 같은 길과 빙설이 깔린 반대쪽 경사면.

"다른 길로 가겠습니다."

나는 단호한 목소리로 선택했다. 믹스커피 한 잔으로 몸을 데우고 바람의 지나친 포옹을 받으며 하산을 시작했다.

세종 기지가 자리한 킹조지섬은 남셰틀랜드 군도에 속하는 화산섬이다. 여전히 이 일대에서는 규모 4.0에서 5.0에 이르는 지진이 1년에도 수백 번 일어난다. 그건 남

나의 폴라 속으로

극이 아직 '되어가고' 있는 장소라는 증거다. 완전히 동결된 땅이 아니라 언제든 변화를 일으킬 에너지를 간직하고 있는, 그렇게 해서 지구의 미래를 조정해 가는 뜨거운 대륙. 자갈밭을 조심조심 내려가 우리는 얼음 비탈에 섰다. 벡터가 비닐봉지를 꺼내더니 깔고 앉아 얼음 위를 내려갔다. 역시 금융계 종사자라 철저하군, 나는 감탄했다.

늑대염 대원은 굳이 미끄럼을 타지 않아도 조심히 걸으면 된다고 했지만 그러기에는 벡터의 방법이 너무 매력적으로 느껴졌다. 나는 비탈에 주저앉아 두 다리를 꽃게 집게발처럼 휘두르며 눈길을 내려갔다. 마음만큼 속도도 안 나고 무엇보다 우스꽝스러웠지만 이렇게 노는 게 얼마 만인가 싶었다. 엉덩이를 대고 미끄럼을 타며 아이처럼 내려오는 일.

결국은 게으름에 대한 변명이겠지만 내가 운동을 좋아하지 않는 것은 '놀이'가 아니기 때문이다. 어렸을 때만 해도 동네 골목을 뛰어다니느라 어스름 저녁이 되어야 집에 돌아오던 나는 움직이기 싫어하는 어른이 되었다. 물론 정기적으로 운동을 했지만 (적어도 내게) 그건 놀이가 아니었다. 규칙과 장소와 복장이 정해지고 더 옳고 바른 자세가 있으며 무엇보다 돈이 들었다. 그렇게 놀지 않게 된 내가 남극에서 다시 '노는 어른'이 되었다.

비탈면이 끝나고 눈 녹은 물이 흐르는 아라온곡을 따라 걸었다. 빙하 녹은 물을 마셔보고 싶었지만 카밀라 언니의 당부가 떠올라 참았다. 남극 얼음으로 빙수를 만들고 칵테일을 타 마셨다는 낭만적인 경험담은 옛일이고 최근에는 수많은 박테리아와 바이러스가 있다는 연구 결과가 밝혀져 절대 먹으면 안 된다고 했다. 더구나 98퍼센트는(사실상 전부라고 해도 되지 않을까) 정체를 알아내지 못했다. 현대의 항생제나 면역제에 내성을 지닌 미생물들이 물을 따라 흐르다 인체에 들어갈 경우 어떤 일이 벌어질지는 아무도 몰랐다.

절반쯤 내려왔을 즈음 월동 천사가 "여기 그라운드 서클이 있네요!" 하며 땅을 가리켰다. '구조토構造土'라 불리는 그 독특한 지형은 얼음의 동결과 융해가 반복되면서 큰 자갈이 바깥 테두리를 이루고 작고 미세한 돌들이 안으로 모이는 극지방의 독특한 특징이었다. 마치 벌집의 육각형 모양처럼도 느껴졌다. 신기하고 아름다워 한참을 구경했다.

아라온곡의 길은 우리 팀 아지트인 KGL2와 이어졌다. 동네 골목길에 들어선 듯한 편안함이 들었다. 등반이 끝났다는 안도감으로 기운이 바짝 났고 얼른 저녁을 먹어야겠다는 생각에 누구보다 빠르게 생활동으로 달려갔다. 식당에 들어가자 모두들 잘 다녀왔느냐고 반겼고 카밀라 언니는 수고했다며 심지어 안아주었다. 남극점이라도 정복하고 온 듯 의기양양한 귀환이었다. M박사가 풍경이 어땠느냐고 물었다.

"죽어도 좋겠다는 생각이 들 정도였어."

나는 황홀한 눈빛으로 답했다.

"정말요?"

M은 반신반의하며 한번 다녀와야 하나 고민했다. 저녁 메뉴인 삼겹살 수육을 냉면에 싸 먹으며 나는 가능한 한 화려한 문학적 수사로 풍광을 묘사했다. 그 고된 등산길의 기쁨을 나만 누릴 수는 없으니까.

다음 날 기상 예보가 활동 위험이라 주로 드라이랩과 방에서 시간을 보냈다. 차를 마시고 싶어 하는 M박사에게 비행기에서 집어 온 티백을 건네고, L박사에게 분말 라테 커피를 선물했다. 둘 다 좋아해서 마음이 흐뭇해졌다. 소소한 간식거리라도 기지에서는 어느 호텔 식당의 디저트 못지않은 대우를 받았다. 간식 선반이 새로 채워지면 행복했고 반대로 점점 비어가면 조바심이 났다. 특히 새우깡이 그랬다. 하나씩 집어 먹으며 글 쓰는 것이 남극에서의 작업 방식이 되었기 때문이다.

밤이 되자 바람은 더 거세어졌다. 그걸 고려하지 못하고 여느 때처럼 씻고 돌아왔을 때 갑자기 창문이 쾅 열리며 돌풍이 안으로 몰아쳤다. 환기를 하려고 창문을 조금 열어둔 게 문제였다. 창가 물건들이 방바닥으로 몽땅 떨어지고 몇몇은 날아갔다.

그중 하나가 H대원이 전해준 독자 편지여서 나는 어떻게 해야 할지 허둥댔다. 찾으러 나간다고 남극풍이 편지를 어디까지 가져갔는지 알 수도 없고 그냥 두자니 편지가 아까웠다. 창가에 비치된 간이 완강기 함이 떨어질만큼 큰 바람이었으므로 어쩔 수 없는 사고였지만 나는 계속 찾으러 갈까 말까 갈등했다. 다행히 편지 하나는 남아 있었다. 날아간 편지는…… 남극에 남을 운명이 아니었을까. 나는 오랜 시간이 흐른 뒤에 누군가 발견하게 될지도 모른다고 상상했다. 그러면 거기 담긴 응원과 당부, 호의를 읽게 되겠지, 자책 말고 좋은 쪽으로 생각하려고 노력했다.

# 고래의 첫 숨

월동 대원 중에는 특정 기관에서 파견된 이들도 있었다. 기상청에서 온 기지 기상청장과 해군 해난구조대 ssu의 '칼있으마(카리스마)' 대원이었다. 특수부 대원이리니 고무보트 관리동으로 찾아가 첫인사를 할 때 나는 좀 긴장했다. 입남극 때 "장갑 없어요?" 하며 나를 챙겨준 분이었다.

칼 대원은 온화한 성격이었다. 작업을 하거나 운동할 때, 그리고 회식할 때 분위기를 이끌면서 누가 소외되지 않나 살피는 것이 눈에 들어왔다. 매해 월동 대원을 선발할 때마다 지원하고 싶었는데 이번에 아내와 딸이 허락해주어 소원을 이루었다며 수줍게 웃었다.

　그는 특수부대 출신답게 나의 적극성을 독려하기도 했다. 남극에 왔으니 조디악을 타고 남셰틀랜드 군도의 섬들을 종일 돌아봐야 한다고 성화였다. 김밥을 싸서 소풍하듯 돌면 된다고. 아무리 조디악에 익숙해졌어도 원거리를 타고 이동할 자신은 없었다. 빙하가 우뚝 서 있고 유빙이 둥실 떠다니는 남극해에서 펭귄들의 섬을 바라보며 먹는 김밥은 영원히 잊지 못할 추억이겠지만 상상만으로도 눈물겨웠다. 그러나 그건 분명 거절할 게 빤한 나를 놀리려는 장난이었고 실현되지는 않았다. 기지의 유일한 이동 수단인 조디악과 소형 선박을 몰고 관리하느라 칼 대원은 항상 바빴으니까.

　그런 장난기 많은 칼 대원의 '카리스마'를 목격한 장면이 있었다. 회식 날 외국 과학자 하나가 분위기에 취해 조디악을 타고 밤의 바다로 나가자고 했다. 그는 "안 돼!" 하고 (한국말로) 소리치고는 술자리를 바로 떠버렸다.

　드디어 인터뷰 날 아침 칼 대원과 조디악을 타고 나갔다. 식생 팀을 포터 소만에 데려다주는 길이었다. 원래 나도 함께 움직여야 했지만 배웅만 하고 돌아왔다. M과

L박사, 벡터를 내려놓고 돌아오는데 나 없이 잘할 수 있나(물론 내가 없으면 더 잘하겠지만) 싶으면서 기분이 이상했다. 칼 대원이 운전석 옆에 서서 주변을 둘러보라고 권했다. 항상 운반되는 짐처럼 고무보트에 쪼그려 앉아 있던 나는 두 다리에 힘을 주고 일어섰다. 바닷바람을 정면으로 맞자 나 자신이 남극해와 조금 더 동등해지는 듯했다. 조디악이 파도를 타 넘는 힘이 발끝으로 전해졌고 빙산 위에서 쉬고 있는 남극가마우지의 형체가 닿을 듯 가까이 보였다.

이윽고 세종 기지 선착장에 다다르자 마시멜로처럼 부드러워 보이는 유빙들이 떠 있는 지하 공간이 보였다. 타고 내리는 데만 신경을 바짝 쓰던 나는 어느덧 신착장 아래까지 살피는 여유를 부리고 있었다. 선착장은 바닷속에 우뚝 박힌 기둥과 횡으로 가로지른 철제 파이프가 지지하는 구조였다. 기지 역사만큼이나 검붉은 녹이 슬어 있었다.

"자, 받아주세요!"

오늘의 '노랭이' 역할을 맡은 기상청장이 밧줄을 위로 던졌다. 조디악이 무사히 서고 사다리를 타고 오르는

데 "작가님, 어디 가세요?" 하며 칼 대원이 나를 불렀다. 다시 출동해야 하니 그대로 보트에 있으라고 권했다.

"연안생태 팀이랑 오후에 나가기 전에 해둘 일이 있어서요"

나는 변명하며 계속 사다리를 올랐다.

"작가님, 우리 고래 나오는 곳까지 갈 건데 남극 와서 고래를 못 보면 기사가 재미가 없잖아요."

고래가 나오는 곳으로 간다고, 고래……. 하지만 나는 백두봉 등반을 유도하던 월동 천사의 구슬림을 떠올리며 사양했다. 확실한 고생길이 예상됐다.

"작가님, 정말 안 가실 거예요?" 칼 대원이 다시 불렀지만 "2시에 뵈어요!" 하며 줄행랑쳤다.


오전은 메모와 이메일을 정리하며 보낸 뒤 점심으로 묵밥을 맛있게 먹고 시간 맞춰 탈의실로 갔다. 구명복을 입을 생각이었는데 안 연구원이 세종 1호를 타고 가니 구명조끼만 착용하면 된다고 알려주었다. 안 연구원도 연안생태 팀을 도우러 동승한다고 했다. 선박은 한 번도 타보지 못했던 터라 신이 났다.

선착장으로 달려갔을 때 양과 고 연구원이 장비를 옮기고 있었다. 사실 나는 두 사람을 매우 흥미로워하고 (좋은 의미로) 있었다. 최근 몇 년간 만난 사람 중 가장 '재미있는' 이들이었기 때문이다.

두 사람은 늘 농담을 주고받으며 드라이랩과 이어진 복도에서 탁구를 쳤다. 그러면 나는 괜히 나가 탁구대 근처에서 공을 주웠고 그들의 유머를 엿들으며 같이 웃었다.

"작가님, 하지 마세요. 저희가 나중에 치울게요" 하고 말리면 "저 나름대로 지금 운동 중입니다" 하고 변명했다. 그물망으로 된 수거기에 탁구공을 주워 올리다보면 흰머리를 쏙쏙 뽑는 듯한 쾌감이 일기도 했다. 두 사람이 탁구를 치는 건 다이빙 전후에 몸을 데우기 위해서였다. 탁구 마니아들인가 했더니 그런 깊은 뜻이 있었다.

이윽고 짐이 모두 실리고 우리도 세종 1호에 올랐다. 최대 25노트 속도로 달리는 10인승 소형 선박은 조디악과 차원이 달랐다. 텐트에서 콘도로 옮겨 간 기분이랄까. 지붕이 있고 없고가 얼마나 큰 차이인지 실감했다.

양과 고 연구원은 평소와 사뭇 다른 분위기였다. 섭

씨 0도인 남극해로 뛰어드는 일이 얼마나 어려운지 표정에 그대로 드러났다. 이것저것 묻고 싶었지만 말이 나오지 않았고 스마트폰을 들이대며 사진이나 영상을 찍기도 미안했다. 보통 사람들은 손가락도 못 넣을 바닷물에 완전히 몸을 담그다니 얼마나 긴장될까. 고 연구원은 잠수 경력이 500회 이상이지만 횟수가 언제나 안전을 보장하지는 않는다고 했다. 이윽고 칼 대원이 시동을 걸었고 목적지인 아들레이섬으로 향했다. 하계 구급대원인 '파이어맨'도 조수로 타 있었다.

그의 별명이 파이어맨인 건 말 그대로 소방관이기 때문이다. 소방공무원 시험에 합격한 그는 발령을 기다리는 3개월 동안 의미 있는 일을 하기 위해 하계 지원대에 지원해 남극으로 왔다. 처음 얘기를 들었을 때 나는 이렇게 부지런한 청년이 다 있나 싶었고 마주 보며 대화한 뒤에는 이렇게 말간 얼굴도 있구나 싶었다. 언제든 다른 사람을 도울 준비가 되어 있었다. 어떤 이들이 소방관이라는 어렵고도 숭고한 길을 가는지 궁금했는데 눈앞에 있었다.

양과 고 연구원은 다양한 장비들을 꺼내 착용했다.

산소 탱크와 연결할 각종 호스와 체온 유지를 위한 배터리 및 발열 부품, 슈트 팽창 밸브와 납으로 된 중량추, 여러 개의 포획 주머니와 수중 생태 촬영을 위한 고프로, 랜턴 등등을 주렁주렁 달았다. 퉁퉁 부은 손처럼 생긴 방수 장갑과 날렵한 모양의 오리발도 준비되어 있었다. 문득 양은 고 연구원이 최근에서야 '난방 슈트'를 입기 시작했다고 말했다.

"그러면 그전에는요?"

나는 놀랐다.

"일반 잠수복으로 수온을 감당한 거죠."

하지만 지금의 난방 슈트 역시 몸을 데워준다기보다는 체온을 유지하는 데 가깝나고 설명했다. 우리가 '난방' 하면 떠올리는 그런 온기가 전혀 아니었다.

"슈트를 입어도 뺨은 바닷물에 그대로 노출되잖아요. 물살이 일면 날카로운 것에 베이는 듯해요. 체온이 낮아지면 근육이 약해져 움직임이 어렵기도 하고요."

고 연구원은 웃으며 말하다 이번에 내려가서는 모래를 걷어차 시야를 흐려놓지 말라며 양 박사를 놀렸다.

그사이 칼 대원은 파이어맨에게 선박 운전에 대해

알려주었다. 배가 제대로 가고 있는지를 알려면 지나온 물길을 잘 살펴야 한다고 했다. 그 말을 듣고 엔진 쪽을 바라보니 새 떼의 날갯짓처럼 흰 물살들이 양 갈래로 풍성하게 일었다.

삼십 분쯤 달리자 아들레이섬이 보였다. 검은 바위 언덕이 길게 이어진 화산섬이었다. 이곳은 '펭수'의 모델이기도 한 아델리펭귄 서식지로 유명했다. 펭귄 하면 아마도 많은 이가 눈동자가 검고 동그란 이 펭귄을 떠올릴 것이다. 실제로는 주변의 흰털 때문에 눈이 또렷해 보이는 거였다.

아들레이섬에는 30만 쌍 가까운 아델리펭귄이 사는데 세종 기지가 자리한 바턴반도에서는 왜 아델리펭귄을 통 볼 수 없을까 궁금했다. 젠투, 턱끈펭귄과의 경쟁에서 밀려났을까. 아델리펭귄은 다른 두 종과 달리 얼음 위에 알을 낳는 습성이 있다는데 어쩌면 그래서 좀 더 남쪽을 주 서식지로 삼았는지도 모른다. 물론 종에 상관없이 지금 남극의 펭귄들은 기후변화의 위협을 동일하게 겪고 있지만 말이다.

아델리펭귄은 과거에 비해 80퍼센트 줄었고 황제

펭귄은 2100년이면 멸종한다는 연구 결과도 있다며 과학자들은 안타까워했다. 그러면 우리 세대가 황제펭귄의 마지막 목격자들로 남을까. 우리가 젊었을 때는 눈 주변에 아름다운 황금 무늬를 지닌 사람 키만 한 펭귄도 있었지 하며 기억을 더듬을까. 서로 어깨를 겯고 허들링huddling 하며 영하 60도의 추위를 견디던 용감한 펭귄들이었지 하고. 17세기 대항해 시대의 결과로 지구상에서 사라진 도도새처럼. 슬픈 일이었다.

"어, 이거 왜 이러지?"

칼 대원이 당황하는 소리가 들렸다. 선박 내비게이션이 갑자기 꺼진 것이다. 파이어맨이 선미를 살피고 돌아와 배터리 문제 같다고 전했다. 갑판에 나가 있던 고 연구원이 스마트폰에 좌표가 기록되어 있다고 알려주었다. 안이 스마트폰을 보며 도분초로 표시된 잠수 위치를 불러주었다. 칼 대원은 휴대용 자기 나침반으로 방향을 잡았다.

"어디로 진행하실 겁니까?"

잠수한 뒤 수중에서 어떻게 움직일 계획이냐는 질문이었다. 고 대원이 손으로 방향을 죽 가리키자 칼 대원은 배 위에서 망을 보고 있겠다고 답했다. 물범이나 고래, 유빙, 혹은 다른 나라 조디악과 선박이 접근하는지 살피고 두 사람의 동선을 주시하는 것이 지상의 우리가 해야 할 일이었다. 양이 크게 숨 고르는 소리가 들렸다. 입수 전 가장 편안하게 쉬어보는 숨일 듯했다. 하선 발판이 내려가기 직전 고 연구원도 긴장을 풀며 숨을 몰아쉬었다. 손목에 찬 다이버 시계(수중 방향 시계)도 확인하고 양 박사와 대화하며 동선을 맞춘 뒤 바다에 뛰어들었다. 둘은 작은 갯바위로 헤엄쳐 서로 마주 보다가 잠수하며 곧 시야에서 사라졌다.

우리는 갑판에서 계속 바다를 주시했다. 파이어맨은 지붕으로 올라가 자리를 잡았고 안 연구원은 가장 앞에 서서 살폈다. 내 눈에는 전혀 보이지 않는데 그는 두 사람의 위치를 척척 잘 잡아냈다. "저쪽에 있네요" "지금은 옆으로 옮겼네요" 하며 가리키는 쪽을 얼른 좇으면 푸른 남극해만 일렁일 뿐이었다.

"저기…… 어떻게 아시는 거예요? 제 눈엔 그냥 다 똑같아서요."

궁금해서 묻자 안 연구원은 수면 위로 공기 방울이

나온다고 답했다. 이제 보니 그는 옆새우뿐 아니라 바다의 아주 미세한 변화도 잡아내는 능력자였다.

두 사람이 잠수한 동안 우리는 내내 바다를 바라보았다. 말이 거의 오가지 않는 아주 고요한 주시였다. 아들레이섬 근처에는 암초가 많아 선박을 운행하거나 잠수할 때 조심해야 한다고 칼 대원이 말했다. 그 순간만은 여기가 남극이라는 것이 실감 났다. 지금 우리와 한 팀인 사람들이 얼음 바다에 들어가 있다. 우리는 지상의 눈이 되어 사방을 지켜본다. 푸릇푸릇한 여름 기운을 발산하는 아들레이섬의 식물들과 선박까지 들릴 정도로 소리 높여 이야기하는 수만 마리의 아델리펭귄들이 보였다. 수면을 스치듯 비행하는 남극제비들과 잔잔하게 일렁이는 물결, 투명하고 맑은 햇살.

그때 칠레 기지 쪽 바다에 정박한 화물선이 눈에 띄었다. 남극에는 생각보다 다양한 배가 드나들었다. 남극 여행을 위해 어느 개인이 몰고 온 값비싼 요트, 관광객들이 탄 대형 유람선과 조디악. 며칠 전 세종회관에서 느긋하게 점심을 먹고 있을 때 갑자기 "메이 데이, 메이 데이" 하며 조난 신호가 무전기로 들어오기도 했다. 식당 무전기는 기지 대원들 간의 대화는 물론이고 타 기지나 배들과의 무전 교신을 내내 전했다. 스물네 시간 동안 켜진 상태였다.

대원들이 나가니 요트가 한 척 있었고 별다른 이유를 밝히지 않은 채 "너희 기지에 내려도 되겠니?"라고만 물었다고 들었다. 물론 상륙은 허락되지 않았다. 남극은 누구의 것도 아니기에 남극해로 들어올 수 있지만 기지 땅을 밟는 건 다른 문제였다.

그때 선박 무전기를 통해 식생 팀 복귀 소식이 들려왔다. 약간 지친 듯한 M박사의 목소리에 귀를 기울였다. 그쪽은 잘 돌아왔으니 됐다 싶었다.

"안 보이는데……."

칼 대원이 중얼거리며 높은 곳으로 한 발 올라갔다.

"저도요."

안 연구원 눈에도 보이지 않는다고 해 슬며시 걱정이 들었다. 최대 수심 30미터까지 들어가기도 하니 이제는 공기 방울로 찾기가 어려워진 것이다. 물결에 드리우는 음영들이 죄다 양과 고 연구원의 그림자처럼 느껴졌고 파도가 만드는 포말을 오리발로 차서 올라오는 신호로 착각하기도 했다.

"저기 있다!"

칼 대원의 외침에 고개를 돌렸더니 돌고래처럼 멋지게 물 위로 튀어 오른 펭귄이었다.

"아…… 낚였네."

칼 대원은 오늘따라 펭귄 녀석들이 왜 이렇게 활발하냐고 푸념했다. 그 뒤로 이십 분쯤 흘렀을까, "저기 나와요!" 하는 안의 외침과 함께 양과 고 연구원이 떠올랐다. 두 사람이 쓴 헤드라이트가 한낮의 햇살 속에서 하얗게 빛났다.

배를 살살 몰아 양과 고 박사가 떠 있는 곳으로 다가갔다. 너무 가까이 대면 다칠 수 있어 거리를 두었고 두 사람이 헤엄쳐 왔다. 안 연구원의 신호에 따라 칼 대원은 발판을 수면 가까이 내렸다. 바다에서 나올 때 몸이 무겁기 때문이다.

고 박사는 일단 카메라부터 안에게 건넸다. 1미터는 될 법한 지지대에 다양한 카메라 장비가 설치되어 있었다. 수중 사진을 원색에 가깝게 찍기 위한 인공 광원, 유리 돔으로 덮인 방수 렌즈와 무거워 보이는 카메라 몸체까지. 채취한 조류들이 어망에 실려 전해졌고 파이어맨과 안이 배 안으로 옮겼다. 다이버들은 물속에서 먼저 오리발을 벗어 갑판으로 던지고 난간을 붙들며 얼음 바다를 빠져나왔다. 이제 끝났구나 싶어 "수고 많으셨어요" 인사하자 고 연구원은 발갛게 언 얼굴로 또 들어갈 거라고 답했다.

"다시 입수해야 해요?"

"수중 시야가 좋지 않았어요. 25미터까지 내려갔어야 하는데 그만 방향을 잃어버렸거든요."

고 연구원의 표정이 어두워졌다. 나갈 날이 가까워지면서 과학자들 모두 마음이 바빴다. 우리는 이번 시즌의 마지막 연구대이자 2024년 여름의 남극을 기록할 최후의 사람들이었다. 출남극 후 이곳에는 서서히 추위가 들이닥칠 거였다. 배를 타고 다니던 곳까지 얼어 거대한 해빙이 생겨날 것이다.

"이제 마리안 소만으로 갑니까?"

칼 대원이 묻자 양 연구원이 그래달라고 부탁했다. 마리안 소만은 세종 기지에서 가장 가까운 얼음 장벽이자 세종 기지의 과거와 오늘을 지켜봐온 목격자였다. 쪼

개지고 갈라져 유빙을 탄생시키는 이 얼음 장벽은 늘 살아 있는 생명체처럼 느껴졌다.

지난번 세미나에서 고 연구원은 마리안 소만 빙벽이 1.5킬로미터나 후퇴했다며 할 수만 있다면 최대한 빙벽 가까이로 잠수하고 싶다고 말했다. "물론 위험해서 연구소가 허가를 내주지는 않을 것 같습니다만" 하며 그가 잠깐 웃었을 때 나는 위험을 무릅쓰더라도 남극 생태 변화를 기록하고 싶어 하는 마음에 큰 인상을 받았다. 마리안 소만의 평균수심은 100미터이지만 최근 빙하가 녹아내린 곳은 수심이 20~30미터 정도로 얕다고 했다. 빙하가 사라지고 암반까지 드러난 곳에서는 해조류와 동물들이 옮겨 와 새로운 생태계를 이루는 중이었다.

"채취해 오신 것들은 뭐예요?"

따뜻한 물을 마시며 몸을 녹이는 고 연구원에게 물었다. 어망에서 아주 깊고 진한 바다 향이 났다.

"올라오다 수심 5미터에서 겨우 발견한 것들이에요. 날개잎산말, 남극연두산말, 큰잎나도산말, 자주엷은잎, 그나마 다행이었죠."

"세종 기지 주변 바닷속에도 그런 것들이 있나요?"

"그럼요, 일단 산말류들이 있고요, 남극 가리비와 성게도 살고. 그런데 이번 시즌에는 이상하게 성게를 한 개체도 보지 못했어요. 우리가 흔히 생각하는 딱딱한 산호가 아닌 젤라틴으로 이뤄져 말미잘에 가까운 연산호들도 있고요. 물고기들도 제법 다양한데 안 연구원이 남극대구를 잡는다니까 나중에 한번 보세요."

"어떻게 잡으시는데요? 낚시로요?"

눈이 둥그레진 내가 묻자 안은 통발을 설치할 거라고 답했다. 혹시 잡히면 꼭 보여달라고 부탁했다. 마리안 소만이 눈에 들어올 즈음 무언가가 텅텅텅 하고 세종1호에 부딪혔다. 발밑으로 제법 큰 진동이 일었다. 깜짝 놀라 둘러보니 넓적한 유빙들이 수면 위를 둥실둥실 떠다니고 있었다.

"잠수 못 하겠는데요?"

칼 대원의 말에 양과 고 연구원이 갑판으로 나가 확인했다.

"그러네요. 안 되겠다, 기지 앞에서 잠수해야겠어."
고 연구원은 얼른 계획을 수정해 새 일정을 짰다. "네, 그래야겠네요" 하고 양이 대답했다. 우리는 유빙들에 둘러싸인 채 잠시 정박했다. 바닷물이 어찌나 맑은지 수중에 잠긴 부분까지 훤히 보였다. 그때였다.

"고래네요!"

파이어맨이 가리키는 곳으로 고개를 돌리기 전 나는 고래의 숨소리부터 들었다. 마치 지구의 한 꺼풀이 벗겨지는 듯한 아주 커다랗고 거친 숨소리였다. 바다에서 솟아올라 호흡을 내놓고 다시 물속으로 잠기며 헤엄치고 있었다. 그런 고래의 검고 반질반질한 등과 꼬리와 지느러미를 보고도 나는 믿기지 않았다. 흰 유빙들 사이로 뛰어오르는 고래의 움직임은 '살아 있음' 그 자체였다.

"와, 작가님 고래를 드디어 봤네요."

칼 대원의 말에 내가 웃었고 우리는 오래오래 고래를 지켜보다가 기지로 향했다. 거친 바람 같은 고래의 숨소리는 영영 잊을 수 없을 남극의 시그널이었다.


사흘 뒤 중국 장성 기지를 방문하는 날 총무가 "작가님, 혹시 얇은 외피는 없으시죠?" 하고 사진과 함께 메시지를 보냈다. 얇은 외피? 대여한 옷 중 한 번도 입지 않은 바람막이를 꺼냈다. "있어요!" "아, 다행입니다. 한국

대표인 만큼 옷을 통일해야 할 것 같아서요." 나중에 들으니 총무가 그렇게 물어본 건 내가 내내 '방한 상의'를 입고 다녔기 때문이었다. 그 오리털 패딩은 세종 기지에 오는 누구도 웬만해서는 대여하지 않는 것으로 남극 내륙의 장보고 기지 대원들을 위한 방한복이었다. 왜 그런 정보들은 내게 전해지지 않았을까? 이유는 간단했다. 민간인이 들어와 이렇게 오래 머무는 일은 거의 없으니까. 그런 개인을 위한 맞춤 안내까지 마련할 이유가 없었다. 대부분의 방문객들은 보름을 넘기지 않는다고 했다.

"그래도 추운 날에는 다들 작가님을 부러워했을 거예요."

여태껏 혼자 장보고 기지 패딩을 입었다며 푸념하자 L박사는 그런 적절한 말로 무안함을 덜어주었다.

가벼운 외피 위에 구명복을 챙겨 입고 드디어 '한국 대표 방문단'이 되어 조디악에 올랐다. 총무와 월동 천사, 기상청장, K선생, 중장비를 맡고 있는 송 대원, 나 이렇게 여섯 명이었다. 출발할 때부터 대원들은 해바라기 씨 이야기를 했다. 바지선을 빌리기 위해 우리 기시를 방문했을 때 중국 대원들이 선물했는데 엄청나게 맛있었다는 것이다. 내가 기지들끼리 그렇게 돕기도 하느냐고 묻자 "세종 기지는 인근 기지들의 '키다리 아저씨'"라고 송 대원이 말했다. 험지에서 서로 돕는 건 당연하다고. 하기는 남극은 지구상에서 가장 각별한 협력이 필요한 곳이었다. '인간'보다 대륙 자체의 '자연성'이 앞섰고 그 안에서 인간은 모두 다를 것 없는 '종'이었다. 나는 이런 남극의 우정이 미래에 대한 새로운 힌트일지 모른다고 상상했다.

"해바라기씨가 그렇게 맛있어요?"

"네, 그래서 한 포대 더 부탁해볼까 해요."

대원들은 그 일을 결국 기상청장에게 미뤘다. 가장 영어를 잘했으니까. 기상청장은 꼭 구해보겠다며 날카로운 눈매로 의지를 불태웠다. 맥스웰만 중간쯤 다다르자 조디악 한 대가 나타났다. 이형근 대장이 모는 조디악이었다. 아들레이섬으로 식생 팀을 데려다주고 필데스반도까지 에스코트해주기 위해서였다. 그렇게 조디악 두 대가 추격하듯, 혹은 아이들처럼 술래잡기하듯 내달렸다. 길을 안내하는 대장의 능숙한 운전은 남극해를 미끄러지듯 달려 우리를 장성 기지에 금세 데려다주었다. 세종 기지로 돌아가는 조디악을 향해 우리는 고맙다고 손을 흔들었다.

선착장에는 장성 기지 대장과 대원들이 마중 나와 있었다. '송도 2호'라는 한글이 쓰인 바지선도 보였다. 장성 기지 사람들은 허허허허 웃으며 다정하게 악수를 건넸고 우리 대원들과 어깨동무를 하며 기지 안으로 들어갔다. 해바라기씨 정도는 문제도 아닐 것 같았다.

필데스반도는 바턴반도와 전혀 다른 풍광이었다. 사방이 검회색 자갈이었고 세종 기지 주변에는 흔한 지의류와 식물들이 눈에 띄지 않았다.

우리는 커다란 창고에서 구명복을 벗은 다음 기지 박물관을 둘러봤다. 장성 기지 건설 역사와 그 주역들의 사진이 벽면에 크게 걸려 있었다. 내가 장성 기지에 간다고 하자 L박사는 두 가지에 놀라게 될 거라고 말했다. 온실과 체육관이었다. 기상청장이 혹시 온실을 볼 수 있느냐고 묻자 우리를 안내한 기지 의사는 현재 공사 중이라며 미안해했다. 지금 몇 명이나 머물고 있느냐는 물음에 대부분 떠나고 서른 명 정도 남았다는 답이 돌아왔다. 우리와 비슷했다.

박물관 안쪽으로 재봉틀 같은 옛 물건들이 전시되어 있고 맞은편 방에는 우체통이 있었다. 남극의 우편제도가 한때 영유권 주장을 위한 발판으로 여겨졌다는 사실이 떠올랐다. 주소를 부여하고 우표를 유통시키면(우표 역시 화폐의 일종이니까) '주권'을 행사하는 것이나 마찬가지라는 입장이었다. 그런 목적이 있는지 어쩐지는 모르지만 미국과 칠레, 아르헨티나, 프랑스 등이 지금도 우편제도를 운영 중이었다.

장성 기지도 여름철에는 한시적으로 우체국을 운영한다고 했다. 남극에서 보내는 편지를 받으면 기분이 어떨까. 요즘 같은 세상에 6개월이나 혹은 1년이 걸릴지도 모를 편지를 쓰고 기다린다는 것. 나는 그 편지의 반가움을 상상하다가 곧 식이 시작된다는 말에 맛있는 음식 냄새가 풍겨오는 본관으로 향했다. 그리고 잠시 체육관 앞 홀에서 대기하고 있는데 벽에 붙은 기지 시간표가 눈에 들어왔다.

"여기는 점심시간이 우리와 다르네."

"작가님, 어떻게 알았습니까? 한자를 읽은 겁니까?"

K선생이 눈을 동그랗게 뜨고 물었다. 내가 그렇다고 하

자 K선생이 이어 "작가님, 작가님한테 문학은 뭡니까?"
라고 말을 건넸다. 너무 진지한 표정이라 나는 당황했고
아주 진지하게 "문학은…… 제 전부입니다" 하는 고백을
했다. K선생은 역시 그렇구나 싶은 얼굴로 고개를 끄덕
이며 언제 한번 기지에서 북토크를 열어줬으면 좋겠다
고 부탁했다. 하지만 그 일은 머무는 동안 이뤄지지 않았
는데 내가 소극적이었기 때문이다.

나는 남극에서 그냥 '나'로 머물러 있는 것이 좋았
다. 동료 작가들에게는 미안하지만 근처에 작가가 없어
서 좋았고(?) 예민하게 일상을 대하지 않고 무던해지는
마음이 좋았다. 세밀하게 세공하던 일상을 아주 굵은 붓
으로 쓱쓱 살아내는 기분이었다. 원고 작업보다는 내 발
과 내 손과 내 눈으로 행하는 경험들이 우선이었다.

한국에서는 백지 앞의 시간을 위해 나머지 일상들
이 미뤄지거나 희생됐지만 남극에서는 그렇지 않았다.
출판사 대표이기도 한 박정민 배우에게 마감을 못 지켜
미안하다며 남극의 기운을 받아 작업하고 오겠다고 했
지만 뻔뻔하게 한 자도 쓰지 않고 있었다. 조리지원대원
의 이름이 '박종민'이라서 나는 누가 그의 이름을 부를

때마다 제발이 저려 깜짝깜짝 놀랐다.

마침내 체육관으로 들어가자 반들반들한 나무 바닥과 높은 층고가 눈에 들어왔다. 남극 올림픽이 열릴 만한 훌륭한 시설이었다. 기지 대장이 환영사를 하고 러시아와 칠레, 한국의 대표들이 함께 케이크를 잘랐다. 우리는 아름다운 다기를 선물로 건넸고 러시아 기지에서는 중국어로 된 축하 시를 준비했다. 우리는 원어에 가까운 그의 중국어에 감탄했다. 독학으로 배운 것이라고 했다.

뷔페식으로 내놓은 중국 전통 음식을 먹는데 대원 한 명이 러시아 대원들이 정이 많다고 말했다. 비행기로 남극에 들어오거나 나갈 때 기상 악화로 결항되면 러시아 기지에서 자기도 한다고, 그런데 어느 날 보드카를 식사 시간에 내놓았다고 했다. 그것이 너무 훌륭한 보드카라 금세 동이 나서 혹시 더 없느냐고 묻자 기꺼이 나머지를 모두 꺼내왔는데 나중에 알고 보니 그 다섯 병의 보드카는 무려 1년 치 보급품이었다. "알았으면 달라고 하지 않았을 텐데……." 그는 아직도 미안한 듯했다.

전쟁을 일으킨 러시아에 대한 감정은 좋지 않았지만 또 개인으로 만나면 그런 배경들은 지워지고 멀어졌다. 게다가 여기는 남극이 아닌가. 물자가 귀하고 모든 물건은 거친 해협을 건너 겨우 들어온다. 어쨌든 그 시에는 그의 진심, 고립된 공간에서의 연대가 담겨 있으리라 생각했다. 식이 끝나고 돌아오는데 장성 기지 대장이 환한 미소로 우리를 배웅했다. 기상청장에게 다시 어깨동무를 하면서 "그건 이미 배에 실어놨어요"라고 했다. 다른 기지 사람들이 들으면 서운할까 조용조용 말한 비밀의 그것은 해바라기씨였다.

러시아와 칠레 사람들은 SUV 자동차를 타고 각자 기지로 돌아갔다. 솔직히 부러웠다. 마치 옆 동네 놀러 가듯이 육로로 오갈 수 있으니 덜 외로울 것 같았다. 하지만 다른 환경 조건을 본다면 당연히 킹조지섬이었다. 무엇보다 식물이 많고 이끼 카펫과 펭귄 마을이 있으며 레오파드 물범은 무서우나 스쿠아는 정다우니까.

그날 회식 자리에 해바라기씨가 놓였다. 손가락 한 마디 정도 되는 기다란 해바라기씨는 고소하고 맛있었다. '치맥'으로 시작한 대화가 무르익으면서 L박사와 M은 에이레네와 대화를 시작했고 나는 홍 선생이 어떻게 지의류에 빠져들었는가에 대해 들었다. 진화에 관심이 많았던 그는 균분류학을 연구했지만 그 세계의 무한함에, 당사자의 표현대로라면 기가 질려 우연히 남극 연구로 들어섰다고 했다. 당시만 해도 남극 지의류 연구가 거의 없어서 외국 서적을 가져와 직접 공부하며 분야를 개척해나갔다고.

"아주 많은 것이 날려 오고 있어요, 지금, 남극에."

홍 선생이 손짓을 할 때마다 이편으로 건너오고 있을 많은 것이 떠올랐다. 사람, 동물, 식물과 곤충, 씨앗, 균류, 바이러스, 강처럼 흐르는 대기, 중금속과 블랙 카본, 미세 플라스틱, 지구의 현 상태에 대한 불안과 두려움, 출구를 찾으려는 노력과 연대, 그리고 상상. 방으로 돌아와 아빠에게 장성 기지에서 찍은 사진과 자랑이 담긴 문자를 보냈다. 답이 없었다. 이제 열흘 정도밖에 남지 않았구나 싶은 아쉬움이 들었다.

샤워실에 가서 씻고 오는데 대원 P가 불타오르는 얼굴로 양치를 하며 복도를 지났다. 목례를 하려다 조용히 지나쳐 방으로 들어왔다. 시간이 얼마나 지났을까. 쿵쿵 쿵쿵 하는 소리에 침대에서 눈을 떴다. 처음에는 누가 내 방을 두드리는 줄 알았다. 그게 아니라 내 방과 가까운 어느 방문을 누군가가 주먹으로 치고 있었다. 사이사이 손잡이를 돌리는지 덜커덕덜커덕 소리도 났다.

"아 유 오케이?"

영어로 묻는 목소리는 에이레네였다. 나는 일어나 앉았다. 에이레네와 나눈 유령 이야기가 생각났다. 혹시 에이레네가 유령과 싸우는 건가 싶어서. 문을 두드리는 소리는 그치지 않았고 "괜찮니?" 하며 간절히 묻는 소리도 계속됐다.

안 되겠다 싶어 이불을 걷었을 무렵 몇몇이 복도를 걸어가 에이레네를 말리는 소리가 들렸다. 에이레네는 "아무 일 없다는 걸 보지도 않고 어떻게 알아? 봐, 문을 열지 않잖아" 하며 화를 냈다. 아까 내 곁을 지나간 P의 방이구나, 그러면 방 안에 있을 텐데 이런 큰 소동에도 기척이 없는 걸 보면 정말 무슨 일이 났나. 점점 불안해지던 순간 드디어 P가 문을 열었다. 사방이 조용해지면서 그들은 몇 마디 말을 나눈 뒤 각자 방으로 돌아갔다.

다음 날 전해 들은 이야기는 이랬다. 마침 생일이었던 P에게 사람들이 축하주를 건넸고 꼬박꼬박 받아 마시다 보니 힘들어진 그는 말없이 빠져나와 숙면에 들었다.

P는 원래 방문을 열어놓고 자는데 하필이면 이날 잠결에 잠금쇠를 눌렀다고 했다. 나는 에이레네에게 어떤 예민함이 있구나 싶었다. 위험한 곳에서 연구를 하는 사람들이라면 누구나 가지고 있을지 모를 긴장과 불안. 죽음이나 사고, 갑자기 몰아닥치는 불행에 대한 걱정이.

하지만 그다음 날 에이레네는 다시 배낭을 메고 밖으로 관측을 나갔고 나와 눈이 마주쳤을 때는 "이번 주 화장실 청소는 내가 다 할게" 하고 상냥하게 말했다. 지난주에 모두 나가 있어 혼자 청소를 마친 것을 두고두고 미안해했다.

"아니야, 괜찮아. 나 정말 청소를 좋아해. 마음에 두지 마."

물론 청소를 좋아한다는 말은 사실이 아니었다. 다만 나는 안심시키고 싶었다. 괜찮아, 좋아, (무엇이든) 마음에 남기지 말고 날려버려.

# 거꾸로 된 달의 얼굴

그날 밤 휴게실 전화기로 집에 연락했다. 극지연구소가 인천에 있기에 세종 기지의 발신 번호도 '032'였다. 나는 엄마가 오해할까 봐 그 사실부터 해명했다. 나는 여전히 거기서 1만 3204킬로미터 떨어진 남극이라고.

내가 한국을 떠나고 얼마 뒤 아빠는 전신에 무력감을 느꼈다. 늘 다니던 길에서 자전거를 타다 넘어져 멍투성이가 됐다. 어느 날은 주차를 하려는데 어떤 동작을 해야 할지 생각나지 않았다. 아빠는 삼십 분 넘게 차를 방치한 채 앉아 있었고 불쑥불쑥 엉뚱한 말들을 하기 시작했다. 입원해서도 가게 물건을 정리해야 한다며 성화인 아빠를 결국 1인실로 옮겼다는 얘기는 말 그대로 픽션 같았다.

아빠는 일평생 단추가 달린 셔츠만 고집한, 내가 어느 소설에 쓴 것처럼 작은 앞섶 주머니에 늘 볼펜을 넣어두고 단정히 일상을 준비한 채 자기만의 루틴을 지키는 사람이었다. 때로 음식점에 가서 메인 요리가 아니라 저렴한 단품 음식을 시키면 주인에게 미안해할 만큼 다른 사람을 의식하는 사람이었다. 그 밤 검고 큰 고양이처럼 엎드린 남극의 섬을 바라보며 나는 이 믿을 수 없는 일을 어떻게 받아들여야 할지 몰라 황망해했다. 엄마는 입원 치료로 많이 좋아졌다고 나를 안심시켰다. 정작 그 밤 괜찮으냐고 문을 두드렸어야 하는 건 나였구나 싶은 생각이 들었다.

다음 날 누구와 말할 기분이 나지 않아 노트북만 들여다보는데 카밀라 언니가 드라이랩에 들렀다. 언니 얼굴을 보자 "아빠가 쓰러지셨대요" 하는 말이 자연스레 흘러나왔다. 언니는 놀랐을 나를 걱정하더니 "사실 그래서 과학자들도 출장 때마다 부모님을 꼭 뵙고 와" 하고 말했다.

"다들 이제 부모님들 연세가 있으니까."

우리는 서로를 물끄러미 바라보았다. 훈련을 받고 부산역에서 남극에 간다고 알렸을 때 전화기 너머로 절대 안 된다고 반대하던 아빠가 떠올랐다. 혹시 불안 많은 아빠가 나 때문에 스트레스를 받은 건 아닐까. 별별 생각이 다 들던 차에 언니가 그렇게 말하자 진정되었다. 나이든 부모가 있다면 누구나 겪는 일이다. 그래서 아무 일도 아닌 게 아니라 누구나 감당할 만한 일인 것이다.

"박사님, 그 실험 언제 해요? 제가 같이 밤새워준다니까요?"

나는 화제를 바꿨다.

"다들 하라고 말만 하는데 작가님은 같이 하겠다고 하네."

카밀라 언니가 웃었다.

언니는 대기의 관점에서 식생을 관측하는 실험을 구상 중이었다. 문제는 이를 위해 네 시간마다 한 번씩 나가 관측해야 한다는 것이었다. 가서 슥 보고 숫자를 기록하는 게 아니라 식물 한 개체 한 개체에 돔을 씌워 기다렸다가 값을 재야 했다. 스물네 시간 내내 남극의 칼바람을 맞으며 몇 시간씩 떨고 한밤에도 나가야 하는 매우 피곤한 일정. 게다가 기지 원칙상 2인 1조로 움직일 수밖에 없으니 괜히 다른 사람 고생시킬까 봐 언니는 망설이고 있었다.

　오후에는 드디어 고대하던 위버반도로 떠났다. 조디악으로 십 분 거리인 그 섬은 세종 기지가 바로 바라다보였고, 그래서 내가 작업하고 싶은 소설의 주요 배경지로 삼고 있는 곳이었다. L박사에게 그렇게 말하자 "그래요?" 하고 신기해했다. 왜냐고 물었는데 그 이상은 설명할 수 없었다. 나는 인과관계를 따져서 사건을 구성해내는 사람이 아니라 우연히 찾아온 선물 같은 이미지들을 받아 든 채 소설적 사건을 만드는 사람이기 때문이었다. 그냥 그런 것 같다고 얼버무릴 수밖에 없었다.

　섬은 작고 고요했다. 소수의 펭귄들이 해변가에서 수영 연습 중이었다. 젠투펭귄 두 마리와 어린 턱끈펭귄이 서로 마주 보며 서 있는 광경도 보였다. 물속에서 꽉꽉 소리가 나는 것으로 보아 엄마 턱끈펭귄이 부르는 듯했는데 어린 턱끈펭귄은 대답은 하면서도 계속 이웃집 젠투들에게 붙어 있었다. 젠투펭귄들은 쫓아내지도 이동하지도 않은 채 이웃집 아이를 맡고 있는 옆집 사람들처럼 그 자리를 지켰다.

조디악에서 내린 나는 구명복을 능숙하게 벗어 파도를 피해 돌로 눌러놓았다. L과 M의 뒤를 바짝 붙어 따르던 때와 다르게 해변가를 천천히 걸어 실험 장비가 설치된 곳까지 갔다. 특정 장소를 울타리로 표시해 식생 변화를 관찰하는데 기한이 다 된 장비의 부속을 교체하러 왔다. 옆에서 일을 돕던 나는 위버반도를 한번 둘러보고 싶다는 벡터와, 처음 '펭마'에 함께 갔던 버디를 따라나섰다. 위버반도 자체는 조용했지만 윙 하는 세종 기지 발전동 소리가 이곳까지 들려왔다. 정작 기지 안에서 생활할 때는 몰랐는데 조금 벗어나자 그 소리가 무척 신경 쓰였고 어떤 불안감마저 일으켰다. 나 역시 여기까지 문명의 길을 낸 사람들 덕분에 체류하지만 그 상황에서 조금만 벗어나면 허락되지 않은 대륙에 들어와 있다는 조심스러움과 경계심이 들었다. 코로나 이후 오버투어리즘에 대한 우려가 커지고 있는 지금이기에 더더욱 그랬다.

나는 되지만 너는 안 된다고 강제하지도 못하니 결국은 개개인의 선택에 맡길 수밖에 없지 않을까. 내 일상적 선택들이 일으킬 변화에 대한 예민한 자각들만이, 행성으로서의 지구와 한 종으로서의 인간과의 긴밀한 연결감만이 이 문제를 풀 수 있지 않을까. 조약돌 위를 저벅저벅 걸으며 나는 오늘도 뭔가 불만스러운 표정을 짓고 있는 물개 앞을 지났다. 고개를 왼쪽으로 돌려 컹컹하고 소리치는 물개에게 "미안해" 하고 지나갔다. 정신없이 날갯짓하며 공중을 떠다니는 남극제비 떼에게도 "미안하다" 하고 전했다. 미안함이 미안함으로 끝나지는 말아야겠지, 나는 힘을 냈다. 적어도 여기 오기까지 내가 낸 탄소 발자국을 지울 만큼의 작업을 해내야지.

그런 생각에 빠져 있는 사이 벡터와 버디는 벌써 산비탈을 오르기 시작했다. 할 수 없이 나도 따라 올라갔다. 조금만 오르겠다더니 점점 꼭대기로 향했다.

"여기 너무 미끄러워요. 흙이 움직이는데요?"

내가 소리치자 둘은 알 수 없는 미소로 답했다. 한발 올릴 때마다 축축한 진흙들이 비탈로 흘러내렸다. 그래도 어떻게든 두 사람이 있는 곳까지 가니 버디가 마리안 소만을 가리켰다. 거기서는 소만이 더 가까웠고 아름다움도 더 생생했다. 동시에 맑은 날 내리쬐는 햇빛에 더

해 눈 비탈에 반사되는 자외선까지 내 얼굴이 모두 흡수하고 있는 듯 느껴졌다.

"좋죠? 작가님."

버디가 물었다.

"네."

큰 숨을 몰아쉬며 내가 답했다. 버디가 더 올라가보자며 걸음을 옮겼다. 그 비탈은 가파르고 눈이 녹아 흐르고 있었다.

"더 간다고요?"

벡터가 걱정스럽게 물었다.

"산등성이 넘어서 맞은편까지 가보려고요."

그때 발밑에서 흙이 무너져 내리며 내가 앞으로 넘어졌다.

"괜찮으세요?"

그런데 정작 나는 무릎이 아픈 것보다 토양층이 사라지면서 드러난 반짝이고 투명한 물체에 시선을 빼앗겼다.

"이거 다이아몬드는 아니겠죠?"

수천 캐럿의 다이아몬드처럼 빛나고 각지고 눈부시

지만 보석은 아닌, 여름 햇살마저도 녹이지 못한 남극의 얼음이었다. 나는 이 대륙 전체를 덮고 있을 투명한 얼음 근육을 엉거주춤 엎드린 채로 한참 바라보았다. 우리가 자연 앞에서 느끼는 경이로움은 자연 그 자체의 것이라기보다 그것을 통해 내 안의 무한한 것을 표현해내려는 욕망이 깨어나기 때문이라는 어느 책의 말이 떠올랐다. 흑갈색 토양 아래 보석처럼 빛나던 그것은 내 안의 무언가를 꿰뚫고 있었다. 나는 뭘 표현하고 싶은지도 모르면서 뭔가를 쓰고 싶은 간절함을 느꼈다.

"전 내려가겠습니다."

지난번 월동 천사와의 동행으로 페이스 조절을 스스로 해야 한다는 사실을 이제 알고 있었다. 삶에 극기가 필요하다면 여기까지, 이 정도까지라는 선을 긋는 것도 극기의 일종이다. 내가 내려가겠다고 하자 둘은 난감해 했다. 2인 1조라는 규칙 때문이었다. 나는 해변 길을 조금만 걸으면 되고 어쨌든 산 위에서 두 사람이 나를 지켜볼 수 있으니 2인 1조에 어긋나는 건 아니라고 설득했다. 2인 1조라고 했지 몇 미터 이내라고는 안 배웠으니까. 시야 안에 들어와 있으면 괜찮지 않은가.

산을 오르고 싶은 마음이 컸는지 아니면 내 말에 설득됐는지 두 사람은 산봉우리로 향하고 나는 하산했다. 한 달 만에야 혼자 걷는 기분이 들었다. 나는 혼자 남극제비 떼 아래를 지나고 펭귄들 곁을 걷고 물개를 뱅 둘러 출발점으로 되돌아갔다. 일주일 정도밖에 남지 않은 일정과 곧 퇴원한다는 아빠와 몇 년간의 내 노력이 해낸 것들에 대해 생각했다. 지금 내가 위버반도를 걷고 있다는 사실을. 머릿속으로 상상하던 장면에 직접 들어왔다는 이 기적 같은 기쁨을.

식생 팀이 작업하던 곳으로 가봤지만 아무도 없었다. 섬을 둘러보러 간 모양이었다. 그렇다면 이제 정말 혼자였다. 나는 구명복을 입고 해변가에 벌렁 누웠다. 펭귄들 쪽으로 고개를 돌려 '펭멍'을 시작했다. 아기 턱끈펭귄은 이제 없고 젠투펭귄들만 모여 물에 들어갔다가 나왔다 하며 오후를 마무리하고 있었다. 어린 젠투펭귄은 엄마를 따라 용기 있게 물속으로 들어갔지만 물살을 이기지 못하고 뱅글뱅글 돌더니 흰 배를 수면으로 내놓고 말았다. 40센티미터도 안 될 깊이에서 아기 펭귄은 본의 아니게 배영 자세를 한 채 허우적거렸다. 펭귄들이 발을 담글 때마다 나는 찰랑거리는 물소리, 이따금 나는 작은 기척들, 톡톡한 구명복 안에서 웅크리고 있는 나. 안전하고 평화로웠다.

그때 소형 크루즈가 마리안 소만 빙벽을 보기 위해 들어왔다. 세종 기지가 바라다보이는 위치에서 조디악을 탄 관광객들을 퐁퐁퐁 떨궜다. 관광객들이 해변가에 누운 나를 향해 "헤이! 안녕!" 하며 불러댔지만 나는 반응하지 않았다. 그 순간만은 펭귄이나 해표처럼 나도 남극의 원주민이었으니까. 이윽고 동행들이 모두 돌아왔고 L박사는 작년만 해도 있던 얼음 동굴이 녹아서 없어졌다며 허탈해했다. 기후변화가 수천 년 된 동굴 하나를 단번에 지워버렸다.

기지로 돌아오니 안이 포획한 남극 대구를 보여주었다. 어제 기지 앞 통발에 미끼만 먹고 사라진 주인공이 있었는데 그 녀석 같다고 했다. 미끼를 꺼내다 주둥이를 다쳐놓고는 근처를 지나다 또 통발로 들어온 것이다. 남극 대구는 우리나라 바다의 대구와는 유전적으로 상관이 없지만 영어명이 'cod'라서 대구라고 불린다. 안에게 잡힌 대구는 50센티미터 정도의 크기에 머리와 입이 3분의 2는 돼 보였다. 눈동자가 검고 가슴지느러미와 배는 노란빛을 띠었으며 몸체에 검은 체크무늬 비늘이 돋았다.

"두 번이나 들어왔으니 한국행밖에 답이 없네요."

안이 판결했고 남극 대구는 포일에 싸여 냉동되었다.

다음 날 기상청장이 오늘은 밤하늘이 맑을 거라고 알렸다. 밤 10시쯤 나와서 하늘을 꼭 보라고. 시간이 되어 나는 방에서 망원경을 챙겨 나갔고 벡터는 천구 사진을 찍겠다며 카메라를 세팅한 채 기지 조명이 덜 비치는 '스쿠아 목욕탕' 쪽으로 향했다.

"작가님, 여기 더 계시면 은하수도 볼 수 있는데 아쉽네요."

고개를 들어 열심히 하늘을 올려다보는데 대장님이 웃으며 말했다.

"저 더 있고 싶어요! 은하수도 보고 싶습니다!"

내가 어필해보았지만 효과는 없었고 마이크를 잡고 혼신의 힘을 다해 퀸의 〈보헤미안 랩소디〉를 부르는 대원들의 목소리만 메아리쳤다.

모두들, 안녕,

이제 나는 가야겠어.

진실을 마주하러 가는 거야.


그때 월동 천사가 슥 다가와 아이패드로 별자리 지
도를 보여주면서 밤하늘을 읽어주었다. 남극에서는 달
무늬가 정확히 반대라는 사실도 가만히 알려주었다. 전
혀 다른 일상을 누릴 수 있었던 내 지난 시간들처럼.

# 안녕, 펭귄

결국 카밀라 언니는 고난의 실험을 해냈고 그 파트너는 의리와 선량함과 이번 남극행으로 불타는 연구의지까지 갖춘 M박사였다. 내가 따라나설까 봐 실험은 비밀리에 시작됐으며 편안히 자고 일어나니 언니와 M은 밤사이 대기관측동 옆에서 이제껏 경험한 적 없는 맹추위를 겪어낸 뒤였다.

"진짜 추워요."

M박사의 핼쑥한 얼굴이 간밤의 고생을 생생히 전했다. 나는 왜 깨우지 않았냐며 서운함을 표한 뒤 오후 관측에 참여하겠다고 별렀다. 날은 흐리고 바람도 강했

지만 출남극을 앞두고 바빠진 과학자들에게 당장 빌려 쓸 '고양이 손'이라도 되고 싶었다. 언니의 '공기밭'에는 둥근 플라스틱으로 우스네아와 이끼 실험군이 표시되어 있었다. M박사는 '미니팜'을 들고 다니며 식물 자체의 이산화탄소량을 측정했고 언니는 작은 유리 돔을 덮고서 한동안 기다린 뒤 식물이 대기에 방출한 이산화탄소량을 쟀다.

"좋다는 실험 자재들 다 써봐도 이 방법이 최고였거든요."

고무장갑의 팔목 부분을 잘라 만든 분홍 끈으로 유리 돔을 밀폐하면서 언니가 말했다. 알뜰한 언니의 노하우가 재밌어서 나는 웃었다. 처음에는 인터뷰를 하겠다며 지구온난화와 이산화탄소 문제에 대해 물어댔지만 한 시간이 지나자 어쩐지 얘기는 세입자의 애환으로 흘러갔다. 우리는 '자가'의 꿈을 위해 어떻게 애써야 할지 의견을 나눴는데 놀랍게도 결론은 집값이 떨어지는 수밖에 없었다.

"도와드릴까요?"

옆에서 구덩이를 파고 있는 지구물리탐사 팀의 관

수 연구원에게 다가가 물었다. 예의상 한 말이었는데 정말 삽을 내밀었다. 나는 은근히 후회하며 삽질을 시작하면서 "파는 건 파는 건데 왜 파는지는 좀 알고 싶습니다" 하고 말했다.

"온습도 센서를 20센티미터마다 다섯 개씩 설치할 거예요. 그리고 10센티미터마다 전극을 심어 전기비저항값을 측정할 거고요. 겨울 동안 땅이 얼고 녹는 상황을 기록하는 거죠. 땅이 녹으면 전기가 잘 흐르고 땅이 얼면 그렇지 않겠죠. 이렇게 해두면 한국에 가서도 대기의 온도가 땅에 미치는 영향을 랜선을 통해 지켜볼 수 있죠."

내가 퍼낸 자갈흙을 일일이 체로 치면서 그가 답했다. 자갈 없이 최대한 고운 흙으로 덮어놔야 전기가 잘 통하기 때문이었다.

남극을 떠나면서도 과학자들은 이곳과 연결 고리를 남겨두고 있었다. 나는 어떨까? 떠나면 돌아올 일이 없으리라는 사실에 마음이 서늘해졌다. 귀국한 뒤 남극에 대한 향수가 나를 누를 게 분명했다. 나는 아주 사소한 이별에도 익숙하지 않은 사람이니까. 남극에서 내 시간은 여행도 취재도 연구도 아니라 '사는 것'이었다. 관계를 만들고 대화를 나누고 호의, 기쁨, 감동과 경이, 긴장, 때론 불안과 불쾌 같은 순간순간의 감정을 지닌 채 하루하루 일상을 만들어나가는 것. 그렇기에 그리움은 더할 것이었다.

그때 비닐봉지 하나가 둥실 떠올라 전재규봉 쪽으로 날아갔다. 관수 대원은 체를 집어 던지고 번개처럼 달리기 시작했다. 잡힐 듯 잡힐 듯 하던 비닐봉지는 남극풍을 타고 언덕을 넘어갔고 질주도 계속됐다.

"관수 씨 그냥 둬요! 할 수 없죠!"

누군가 소리쳤지만 그는 두 발에 모터를 단 양 속력을 높이며 언덕 뒤로 사라졌다. 저게 그렇게 중요한 물건인가? 나는 어리둥절했다. 내게 말하면 비닐봉지 하나쯤은 줄 수도 있는데.

"남극에 최소한의 자취만 남기는 게 과학자들의 룰이거든요."

카밀라 언니가 웃으며 설명했다. 이윽고 비닐봉지를 손에 든 관수 연구원이 의기양양하게 등장했을 때 우리는 얼얼하게 언 입가를 열심히 움직여 환호했다.

25일에는 H대원, 벡터와 함께 고층대기관측동과

우주환경광학관측동을 둘러봤다. 고층대기관측동에서는 유성 관측 기기가 흥미로웠다. H대원은 유성이 진입하면서 일으키는 대기의 변화를 보고 있다고 설명했다. 유성의 빛무리에 경탄하는 우리와 달리 과학자들은 그것을 받아들이는 지구의 상태 변화를 주시했다.

"위성 레이더는 2007년부터 한 번도 꺼진 적이 없어요. 남극 대기는 전 지구적 순환에서 너무 중요하니까요. 지진파를 감지하는 설비도 설치되어 있으니까 따져보면 대기뿐 아니라 지구 전체를 살피는 셈이에요."

우리는 기지 대장의 승인을 받아야 견학이 가능한 우주환경광학관측동도 둘러보았다. 들어가자마자 천장에 설치된 유리 돔과 분광계, 대형 전천 카메라가 보였다. H는 네 부분으로 나뉜 모니터 영상을 보여주었다.

"구름인가요?"

내가 작은 점들로 표시된 원을 가리키며 물었다.

"중간권 관측 영상들이에요. 이건 대기의 파동이고요. 우리 눈에는 안 보이지만 파동들이 빛을 내거든요."

값으로 치면 수억에 달하는 천장의 장비들은 올려다보는 것만으로도 SF 영화의 한 장면에 들어와 있는 기분이었다. 하지만 H의 설명은 차분하고 일정한 패턴의 파동들처럼 안정적이었다.

출남극을 이틀 앞둔 날 벡터가 마지막으로 '펭마'를 가자고 했다. 원래는 해표 마을로 가서 안 연구원 팀의 장비 설치를 도울 예정이었는데 아무리 생각해도 내 일밖에 시간이 없었다. 우리는 못 간다는 말을 대체 누가 안에게 할 것인가를 두고 실랑이했다.

"벡터님, 제 MBTI는요, 만약 제 팔에 고양이가 기대어 자고 있으면 잠을 깨우느니 제 팔을 잘라내는 성격이라고들 그래요. 나는 죽어도 말 못 해."

"나도 그래, 보기보다 여리다고."

그렇게 서로 소심함을 주장하는 중에 안 연구원이 식당으로 들어왔고 그와 눈이 마주친 나는 어느새 미안하지만 펭마에 가야 해서 해표 마을은 어렵겠다고 양해를 구하고 있었다. 안은 괜찮다며 쿨하게 넘어갔다.

"뭐야, 못 한다더니 잘하네."

역시 MBTI는 참고일 뿐이구나 실감하며 나는 먹던 치킨가스를 마저 해치웠다.

다음 날 여름의 종료를 알리듯 매섭게 부는 바람을

맞으며 벡터와 나는 걷기 시작했다. 우리가 기지에 처음 도착할 때부터 바다에 있던 빙산은 한 달 동안 거의 절반이나 녹았다.

"근데 펭마 갈 때마다 우리 같이 있었던 거 알아?"

듣고 보니 그랬다. 서로 따로 갔다가 우연히 만나기도 했으니까.

"펭마에 펭귄들이 남아는 있나?"

"모르지."

펭마 해변에는 펭귄들이 우르르 몰려나와 있었다. 얼음덩어리와 뒤섞인 검은 자갈, 반들반들한 검은 등과 멋진 붉은 부리. 바위에 올라 파도의 세기를 가늠하며 어느 타이밍에 뛰어들지 고민하는 성체들도 보였다. 어려울 것이다, 바다로 뛰어드는 일은. 우리가 세상으로 나가는 일이 두렵고 주저되는 것처럼. 하지만 아무것도 하지 않으면 아무것도 아닌 삶이 되고 만다. 이윽고 한 마리가 용기를 냈고 그 뒤에 서 있던 녀석들도 툭툭 뛰어내렸다.

펭마는 지난번과 다르게 한적했다. 내가 젓갈 냄새라고 미화했던 펭귄 분변 냄새도 훨씬 덜했다. 조약돌을 소중히 모아 만든 젠투펭귄들의 집은 비어 있었다. 밀려

난 게 아니라 스스로 떠난 길이었다. 더 큰 세상으로. 좀 더 걸어가니 절벽 쪽에 한 무리의 젠투펭귄들이 모여 있었다.

동물과 거리를 두어야 한다는 원칙대로 가만히 서서 지켜보는데 한 발 한 발 내게 다가왔다. 곧 있으면 3월이건만 아직 솜털을 달고 있는 아기 펭귄들이었다. 너희 늦둥이구나, 싶으면서 콧날이 시큰해졌다. 인간처럼 펭귄도 개중 좀 늦된 존재들이 있다는 사실이 왜 이렇게 고마울까. 가장 강한 것만 존속하지 않고 저마다 다른 힘과 속도를 지닌 존재들이 공존하는 것이야말로 자연의 질서라는 사실이. 아기 펭귄들은 내가 들고 있는 등산 스틱을 톡톡 쪼았다. 뾰족한 부분이 내 부리라고 생각했을 거라고 했다. 그러니까 걔들은 나름 다정한 인사를 한 거라고. 나는 잘 있으라고, 겨울을 잘 견디라고 말하며 아쉽게 돌아섰다. 언덕을 내려오는데 남극에 오고 싶어 한 정확한 이유를 그제야 알 것 같았다. 다른 마음으로 세상을 살고 싶어서였다.

2월 28일이 세종 기지를 떠나는 날이었지만 날씨가 궂어 비행기가 뜨지 않았다. 남극에 더 머무는 건 좋았지만 비행기표를 바꾸느라 한바탕 소동이 일었다. 갑작스럽게 칠레 국내선 스케줄을 바꾸려고 하니 50만 원이나 내야 했다. 그나마 한국행 표는 이틀 여유 있게 예매해 다행이었다. 만약 일정이 더 밀려 그 비행기표마저 날아가버리면 골치가 아팠다. 우리는 눈이 마주칠 때마다 비행기 언제 뜬대요, 귀국 일정 어떻게 하실 거예요 하고 서로 물었다. L박사는 초연했다. 이럴 때는 마음을 비우고 만화책이나 읽는 게 최고라며 독서에 집중했다.

퇴원은 했지만 여전히 불안정한 상황인 아빠 때문에 엄마는 내가 오기를 손꼽아 기다리고 있었다. 한국의 모든 일상이 나를 부르고 있었지만 그럴수록 여기 머물고 싶은 마음도 커졌다.

"혹시 창고에 숨으면 찾다가 포기하지 않겠어요?"

내가 농담하자 명민한 권 총무는 "저희를 너무 만만하게 보시는군요, 허허허" 하며 웃었다. 월동 대원들도 '군식구'들이 다 떠나고 나면 자기들만의 긴긴밤을 보낼 준비에 열중했다. 블리자드를 이겨내기 위해 기지 곳곳을 보수했다.

그리고 3월 1일 새벽 5시, 우리는 캐리어를 끌고 방을 나와 마지막으로 구명복을 입었다. 조디악에 나눠 타고 빠져나오는데 불 켜진 세종 기지에서 눈을 뗄 수 없었다. 선착장에 서서 손을 흔들어주는 대원들에게도.

조디악이 달릴수록 그들의 얼굴이 멀어졌고 나중에는 세종 기지도 미니어처처럼 아주 작아졌다. 그 대신 기지 뒤의 백두봉이, 마리안 소만이, 동이 터오는 하늘이, 그러니까 남극의 거대한 자연이 존재감을 드러냈다. 마치 두 달간 펼쳐졌던 내 일지의 배경에 무엇이 있었는지를 똑똑히 보라는 듯. 점점 붉어지는 하늘과 그 빛으로 도리어 아주 무겁게 어두워졌던 산등성이는 내 기억에 또렷이 남았다. 압도적인 자연이 주는 경이로움과 평화, 인간종을 포함한 모든 생명체가 만들어냈던 꿈결 같던 일상.

그것을 간직한 채 나는 여기로 돌아왔다.

# 태어나서 내가 가장 잘한 일

———————————

나와 L박사, M박사는 귀국 여정 내내 함께였다. 일부러 맞춘 것도 아니었는데 그랬다. 서로 얼굴도 모르던 사이에서 매일 밥 먹고 대화하는 사이로 흘러간 한 달이 깊은 친근감을 만들었다.

남극에서 나와 산티아고행 라탐 항공으로 갈아타는데 문제가 생겼다. L박사가 실어 보낸 짐이 사라졌다. DAP에서는 내렸다고 하고 공항에서는 못 봤다고 하고. 나까지 머리카락이 쭈뼛 서는 일이었는데 L박사는 아주 침착하게 공항 창고에 있을 것 같다며 찾으러 갔다. 애써서 칠레 국내선 일정을 바꿨는데 남극 비행기가 예

정보다 훨씬 일찍 뜨는 바람에 도리어 시간은 한참 남아
있었다.

"돈도 더 들이고 괜히 표를 미뤘나 봐요."

M이 말했다.

"아니야."

나는 공항 2층 난간에서 공항 스태프들과 이동하는
L박사를 내려다보았다.

"만약 시간이 빠듯한데 짐이 없어졌어 봐, 우리 너무
긴장했을걸?"

한 달 전부터 남극 짐을 다 싸놓았던 나는 어느덧 여
정의 끝에서 누구보다 느긋해져 있었다. 얼마나 느긋했
으면 공항 안에서도 제멋대로 딴 길을 가버려 나중에는
걱정을 듣기도 했다. 다른 일행들이 있어 마음을 놓았기
때문임을 사람들은 몰랐을 것이다. 혼자가 아니라서 그
랬다는 걸.

L의 짐작대로 짐은 창고에 있었고 비로소 우리는
국내선 탑승장으로 이동했다. 면세점을 발견한 나는 사
람들에게 나눠 줄 기념품들을 사기 시작했는데 나중에
는 M박사가 말렸다.

"지금 얼마나 쓰고 있는지 알아요?"

안다. 하지만 지금이 아니면 살 수 없는 물건들 아닌
가. 나는 M의 눈치를 보며 펭귄 인형 하나를 더 챙기는
것으로 쇼핑을 끝냈다.

산티아고에 내렸을 때는 낮이었고 더웠고 우리는
지쳐 있었다. 여러 날씨를 두루 거치느라 진이 더 빠졌고
개인 짐은 늘어난 게 별로 없지만 실험 장비들이 카트에
겹겹이 쌓여 있었다. 게다가 공항에서 좀 떨어진 호텔을
예약했는데 픽업하겠다고 한 차가 오지 않았다. 땀이 이
마에 송골송골 맺혔다. 호텔 측과 통화한 사람이 M이라
는 이유로 가장 초조해하는 사람도 그였다. 혹시 픽업 장
소가 여기가 아닌가 하며 살피러 갔고 L박사와 나는 철
제 박스 위에 앉았다.

"우리가 지금 얼마짜리를 깔고 앉아 있는지 소매치
기들이 알면 지갑이 아니라 박스를 노릴 텐데요."

"그런 일이 생기면…… 큰일 나죠."

L박사가 지쳐 답했다.

"박사님…… 저 돌아가면 다르게 살려고요."

"다르게 어떻게요?"

"등산 다닐 거예요."

"와…… 등산, 대단해요."

그리고 털털거리며 도착한 승용차 한 대, 약속 시간
보다 한 시간 늦게 도착한 그 차를 타고 호텔로 가 새벽
부터 굶다시피 한 허기를 때웠다.

돌아오는 여정을 생각하면 온통 피로뿐이다. 파리
공항에서는 다섯 시간을 때워야 했다. 대합실 벤치에서
자면서도 L박사가 자기 짐 위에 두 다리를 올려 도난을
막으려 했던 게 기억난다. 공항 바닥에 앉아 있는 내게
"보헤미안이네요" 하던 M박사의 말도. 다시 또 열네 시
간 동안 비행기를 타고 나는 집으로 돌아왔다. 면세점에
서 산 펭귄들과 칠레산 전통주 피스코Pisco와 이동한 거리
만큼의 여독, 여러 형태로 기록한 남극의 흔적들과 함께.

한국에 도착한 다음 날 본가에 가니 엄마가 날 붙들
고 울었다. 막상 만난 아빠는 잘 걷지 못했고 표정도 달
랐으며 무엇보다 당신이 입원했다는 사실을 기억하지
못했다. 그러니 엄마가 왜 우는지도 알지 못했다.

"그러게 내가 가게 연다고 했는데…… 일찍 일어나
더니만……."

아빠는 상황이 이해가 안 되는 듯 아연히 서 있다가 엄마가 눈물을 터뜨린 이유를 그렇게 해석했다. 그동안 고생한 가족들에게서 배턴을 이어받은 나는 아빠를 태우고 병원으로 향했다.

한동안 창밖을 보던 아빠는 "근데 니 엄마가 왜 울지?" 하고 내게 물었다. 나는 백미러로 아빠의 얼굴을 바라보았다. 아빠는 아주 먼 세계, 여기와 너무 달라 누구에게 설명조차 할 수 없는 특별한 곳을 혼자 다녀온 표정이었다. 남극을 보고 온 나처럼.

"아빠, 나 어디 갔다 왔어?"

그날도 체크무늬 셔츠를 입은 아빠는 차창으로 내려온 봄빛을 받으며 나를 물끄러미 바라보았다. 나는 긴장했다.

"남극 갔다 왔지."

아빠가 기억해주자 좁은 보폭의 다리를 아슬아슬하게 건넌 듯한 안도감이 몰려왔다.

"그러니까 울지, 남극 다녀온 딸을 오랜만에 보니까 눈물이 나는 거야."

그 대화만으로도 나는 그간 보지 못한 삶의 어느 측

면과 비로소 대면한 듯했는데 아빠는 한마디를 더 얹으며 또 다른 각도를 만들어주었다.

"그러면 지금까지는 울지 않았다는 얘기네."

그렇게 보낸 시간 동안 나는 세상에 얼마나 다양한 기립 지지대와 안전 손잡이들이 있는지 알게 되었다. 중고 거래 앱을 검색하다가 엄마를 위해 설치했지만 이제 요양원에 입소하면서 필요 없어졌다며 2미터짜리 안전봉 30개를 그냥 나누는 것에 불과한 가격으로 팔고 있는 이웃도 알게 되었다. 모든 1인칭들은 죽음에 있어 3인칭 타자의 죽음이 아니라 2인칭인 가까운 이들의 죽음을 통해 각별해진다는 프랑스 철학자 블라드미르 장켈레비치의 말을 곱씹기도 했다.

여태까지는 그런 무지가 허용될 만큼 단지 운이 좋았던 걸까. 그렇게 생각하면 예약증과 처방전을 든 채 검사실과 진료실을 누비는 내 발걸음도 천천히 느려졌지만 그때마다 너무 많은 사람이 내 곁을 지나 죽음처럼 넓은 병원 복도를 열심히 누비고 있었다. 한두 번쯤 울기야 했겠지만 아직 진짜로 울지는 않았을 사람들이. 그러면 누구도 예외일 수 없는 지금의 상황에 대한 부드러운 경계가 밀려들어 왔다.

아빠의 병은 그 뒤로 한 달이 지나 비로소 병명이 밝혀졌다. 자가면역성 뇌염이라는 희귀 질환이었다. 근래 들어 발견된 이 질환은 자가항체가 뇌의 특정 부분을 공격하는 것으로 발작과 운동, 신경장애, 혼돈, 망상 등을 보인다. 다행히 빨리 진단해 치료받았고 지금 아빠는 발병 전과 완전히 같다고는 못 하지만 불편을 받아들이며 지내고 있다.

아빠를 간호해야 했던 봄과 여름을 견디는 동안 나는 남극의 여름을 자주 떠올렸다. 그 시간이 있어 내가 버틸 수 있었다.

"한국에 와서 좋은 점은 물개는 없어도 개들은 있다는 점 같네" 하고 냉소하면서도 나는 난관을 꽤 잘 버텨나갔다. 어쩌면 내가 남극까지 간 건 태어나서 가장 잘한 일 같다고 생각하면서. 그 잘한 일은 앞으로도 계속 다른 형태의 '잘한 일'이 될 것이다. 눈을 감지 않아도 언제든 불러낼 수 있는 대륙의 흰빛, 푸른빛, 살아 있는 펭귄과 고래의 매끈한 검은빛, 그리고 붉은 기지복을 입고 발맞추어 걸어주던 사람들의 빛. 그 모든 것을 품은 채

걷고 있으면 언제든 나는 나의 폴라 일지 속으로 들어갔다가 새로운 마음으로 한 발 걸을 수 있다. 그 재생과 순환에 대해 말해주기 위해 이 지구라는 행성에는 남극이 있다.

부록

# 나의 남극
# 사진 일지

20240201  유빙들은 왜 새나 펭귄 같은 남극 동물처럼 생겼을까. 기지 조디악을 타려고 해안가에 도착했을 때 심지어 물개 모양 유빙은 말뚝으로 사용되고 있었으니…… 이것이 남극의 스웨그인가.

20240201 　킹조지섬의 이정표는 나무와 고래 뼈, 암석으로 만들어져 자체로 위용을 자랑했지만 정작 무엇을 가리키는지는 기지의 누구도 알지 못했다. 이미 여기가 먼 곳이니 아마도 아주 먼 곳을 지시하겠지.

20240201　세종 기지 연구동 218호 창밖으로 위버반도의 부드러운 능선이 보인다. 밤마다 이 창문 아래에서 책을 읽다가 잠들곤 했다. 루쉰이 있었고 남극의 일기가 있었다. 종종 눈을 품은 바람이 그런 나를 들여다보고 지나갔다.

20240211　　용감하고 호기심 많은 턱끈펭귄이 기지 안까지 들어와 탐색을 시작했다. 위험할까 싶어 막아섰지만 굴하지 않고 곳곳을 꼼꼼히 살피다 돌아갔다. 하기는 남극에서 비펭귄 인간인 내가 길 잃을 확률이 더 높지.

20240212　안과 함께 남극 조간대에서 옆새우를 채취했다. 하늘과 바다는 마치 푸른 비단처럼 우리를 감쌌고 장화를 신고 첨벙거릴 때마다 여름 바다 소리가 기분 좋게 들렸다.

20240212　옆새우 생김새는 그 종 수만큼이나 다양해서 채집통 안에 든 이 모든 것이 각자 다른 얼굴이었다.

20240205  과학자의 책상 앞에서 나는 언제나 호기심 넘치는 단어 수집가가 되었다. 이 통들은 안이 기지 앞바다에서 채취한 것들이다. 개성 없는 보통의 옆새우를 잡으면 그는 너그럽게 바다로 돌려보냈다.

20240208　　빨강 버섯 머리처럼 생긴 해표 마을 대피소. 창이 달려 밖을 내다볼 수 있고 바람에 날아가지 않게 튼튼한 로프로 묶여 있었다.

20240208　　기지 생활 내내 다감하게 대해준 L과 M박사를 이런 모습으로 소개하다니 애석하다. 임무 수행 뒤 완전히 녹초가 된 이 장면이야말로 내가 일상적으로 본 극지 연구자들의 평소 모습이었다.

20240208　구명복을 자갈로 눌러놓지 않으면 파도가, 바람이, 또
는 스쿠아 녀석이 당신의 '날개옷'을 들고 달아나버릴지도 모른다.
(구명복 없이는 조디악도 탈 수 없다!)

© 극지연구소

20240208    맥스웰만의 거대한 빙하. 자세히 보면
물속에 잠긴 조금 더 짙은 부분이 있다. '빙산의 일각'이란 관용어는
이로써 정확한 표현이었음이 증명되었다.

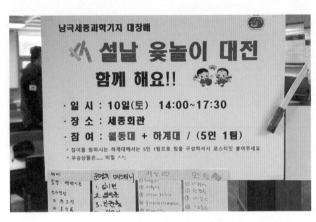

20240210   남극에도 찾아온 우리의 새해 첫날. 모두 모여 윷놀이를 계획했다.

20240210   하지만 그건 '인간 윷놀이'였으니…… 말을 합치려면 괴력을 발휘해 앞뒤로 사람을 하나씩 매달아야 했다는 슬픈(?) 이야기.

20240214    기술 발달로 남극에서도 푸르고 싱싱한 채소를 먹을
수 있다. 자연 수분이 어렵다는 강 선생 설명에 자연의 역할을 기
술이 완전히 대체할 수는 없구나 생각했다. 물론 이 농장은 가치
가 충분했다.

20240214　고층대기관측동의 이 시계들은 세계 표준시, 한국 표
준시, 세종 기지시를 각각 가리킨다.

20240214　다국적 팀에서는 매일 같은 시각 풍선을 올려 대기를 관
찰했다. 특히 남극으로 흘러드는 '대기의 강'이 그들의 관심사였다.

20240214 '라디오존데'를 매달고 하늘로 올라가는 풍선. 계측한 자료를 기지 내 컴퓨터로 보내 지구의 오늘을 기록한다.

20240217　남극 바닷속을 관찰하려면 마치 우주인처럼 많은 장비를 달고 찬물로 뛰어들어야 했다.

© 극지연구소 김상희

20240217　찬 바다로 들어가는 임무 앞에서 다이버들은 긴장했지만 다시 육지로 나왔을 때는 특유의 유쾌함을 되찾았다.

© 극지연구소 민준홍

20240215    마리안 소만은 남극 체류 동안 나와 가장 자주 대화한
자연물이었다. 무너지고 깨지며 이 대륙이 변화하고 있음을 온몸
으로 알려주었고, 나는 그렇게 만들어진 유빙들 가까이로 걸어가
얼음 속 공기 방울 소리를 듣기도 했다.

20240215  아라온곡을 내려오면서 발견한 그라운드 서클.
땅이 얼고 녹는 것을 반복하면서 나타내는 특유의 무늬들이다.

20240223　공격적이라고 조심해야 한다고 누누이 설명을 들었던
스쿠아. 그래도 번식기가 지나면 나름 온순해져 기지 옆 얕은 호수에
모여 찰랑찰랑 물소리를 내며 목욕을 즐겼다.

20240213　사이좋게 모여 앉아 낫깃털이끼 표본을 정리하는 오후.
피트층까지 채집해 윗부분만 튜브에 넣는다.

20240213 　남극 바다의 조류들은 여러 번 건조 과정을 거쳐 하나의 작품 같은 표본으로 만들어진다.

20240202　　펭귄 마을을 가득 채우고 있는 남극대륙의 주인들. 아기와 어른 펭귄들이 북적이며 살아간다. 서로서로 대화를 주고받느라 귀가 먹먹할 정도로 시끄럽다.

20240202  기상 타워가 마음에 드는지 그곳을 떠나지 않는 아기 젠투펭귄들. 턱끈펭귄보다 더 다정한 이들은 먼저 다가와 인사해 주곤 했다.

20240212　　곳곳에 놓인 고래 뼈들은 과거 누군가가 남겨둔 하나의
문자처럼 보였다.

20240212　　남극에서 죽음은 흔적으로 남아 있었다. 아마도 펭귄의
뼈일 것이다.

20240223  혼자 산책하다 발견한 이 십자가에 대해 오랫동안 생각했다. 추모와 애도처럼 느껴졌다.

20240215   백두봉에서 바라본 흰 빙원에서 솟아난 플로렌스 누나탁.
내가 바라본 가장 먼 시야 속에 빛나고 있었다.

# 나의 폴라 일지

ⓒ 김금희 2025

**초판 1쇄 발행** 2025년 1월 30일
**초판 2쇄 발행** 2025년 2월 7일

**지은이** 김금희
**펴낸이** 이상훈
**문학팀** 최해경 박선우 박지호
**마케팅** 김한성 조재성 박신영 김애린 오민정

**펴낸곳** (주)한겨레엔 www.hanibook.co.kr
**등록** 2006년 1월 4일 제313-2006-00003호
**주소** 서울시 마포구 창전로 70 (신수동) 화수목빌딩 5층
**전화** 02-6383-1602~3 **팩스** 02-6383-1610
**대표메일** munhak@hanien.co.kr

ISBN 979-11-7213-205-7 (03810)

• 값은 뒤표지에 있습니다.
• 파본은 구입하신 서점에서 바꾸어 드립니다.
• 이 책의 내용 일부 또는 전부를 재사용하려면 반드시 저작권자와 (주)한겨레엔 양측의 동의를 얻어야 합니다.